KB078470

검은 천사 4

임영기 장편소설

초판 1쇄 찍은 날 § 2016년 5월 13일
초판 1쇄 펴낸 날 § 2016년 5월 20일

지은이 § 임영기
펴낸이 § 서경석

편집책임 § 이지연

펴낸곳 § 도서출판 청어람
등록번호 § 제387-1999-000006호
등록일자 § 1999. 5. 31
어람번호 § 제1-2428호

주소 § 경기도 부천시 원미구 부일로 483번길 40 서경B/D 3F (우) 14640
전화 § 032-656-4452 팩스 § 032-656-4453
http://www.chungeoram.com
E-mail § chungeorambook@daum.net

ISBN 979-11-04-90800-2 04810
ISBN 979-11-04-90701-2 (세트)

4

국경의 연인

검은
천사

FUSION FANTASTIC STORY

임영기 장편소설

도서출판 청어람

차례

C O N T E N T S

검은 천사

제23장
세월 저편의 사람들

1996년 12월 7일, 화교 장사꾼 청강호는 오후 3시쯤에 함경북도 회령시에 도착했다.

그는 회령청년역 근처 사회안전부 주재소(파출소) 맞은편에 자신의 소형 트럭을 주차해 놓고 예전부터 잘 알고 지내던 안전원(경찰)에게 트럭을 잘 봐달라 이르고는 정필의 할머니와 작은아버지 집을 찾아 나섰다.

북한에서 누군가를 찾기 위해서 이 사람 저 사람에게 물어서 수소문하는 것은 금물이다.

특히 처음 보는 낯선 사람이 그런다면 그건 백발백중 제 무덤을 스스로 파는 행동이다.

북한 주민들은 서로가 서로를 감시하는 체제이며 심지어 가족끼리도 감시를 한다.

주로 철모르는 자식들이 부모나 친척, 이웃의 아주 작은 꼬투리라도 고발하는데, 고발하고 싶어서가 아니라 북한의 조직 시스템이 그렇게 만들어져 있는 탓에 자식들은 그게 고발인지도 모르고 행하는 것이다.

북한에선 태어나서 죽을 때까지 조직에 속해 있어야만 한다. 조직에서 벗어난 경우는 죽었거나 교화소(교도소), 정치범 수용소 등에 감금됐을 경우뿐이다.

북한에서는 태어나면 두 가지 생명을 갖는다고 하는데, 하나는 정치적 생명이고 또 하나는 육체적 생명이다.

부모님이 주었으며 죽으면 사라지는 것이 육체적 생명이라면, 로동당과 김일성 수령에게 충성하는 정치적 생명은 영생한다고 믿는다.

죽은 김일성이 전체 인민의 가슴속에서 영원히 살아 있는 것처럼, 모든 인민도 그에게 목숨을 바쳐서 충성하면 영생을 한다는 논리다.

북한 사람이라면 무조건 7살부터 13살까지는 소년단에 가입해야 하고, 14살부터 23세 사이는 김일성사회주의청년동맹에, 그리고 10년 이상 복무하는 군대에 가야 하고, 여자라면 반드시 들어가야 하는 조선민주여성동맹이 있으며, 직장에 다니는 사람이면 무조건 조선직업총동맹에 가입한다.

직장이나 마을, 학교 등 북한의 모든 집단 내에서 2~5일에 한 번씩 정기적으로 자아비판과 호상비판이라는 것을 해야만 한다.

자식들이 자기 부모나 친척을, 그리고 동료와 이웃집의 소소한 잘못이나 비행을 가리지 않고 비판하는데 그 과정에 심심치 않게 굵직한 것들이 걸려든다.

문제는 자신을 비판하는 자아비판보다는 누군가 한 사람을 콕 찍어서 비판하는 호상비판이다.

누구네 집에 낯선 사람이 있더라, 누구네 집이 요즘 잘 먹고 잘살던데 무슨 좋은 일이 있는 것 같더라, 누구 엄마가 몇 달 동안 보이지 않다가 갑자기 나타났는데 옷차림이 달라졌다는 등등 별별 얘기가 다 쏟아져 나온다.

이런 살벌한 분위기의 북한 내에서 청강호가 정필의 할머니 강옥화나 작은아버지 최태호를 찾는답시고 이 사람 저 사람에게 기웃거리면서 묻고 다녔다가는 그 즉시 신고가 들어가서 몇 걸음 가지도 못해서 안전원이나 규찰대, 보위부 요원들에게 끌려가고 말 것이다.

다행스러운 일은, 은애가 워낙 자세하게 주소와 약도를 그려준 덕분에 청강호는 어렵지 않게 강옥화, 아니, 회령시 고등

중학교 교장 최태호의 집을 찾아갈 수 있었다.

청강호는 큼직한 배낭을 메고 있으며, 그 안에는 강옥화네 가족이 굶고 있을 것을 예상하여 쌀과 몇 가지 부식이 가득 담겨 있다.

그렇지만 날고기는 들어 있지 않다. 고기를 굽거나 삶는 냄새가 워낙 멀리까지 퍼져 나가기 때문이다.

그러니까 강옥화네 집에서 고기 냄새를 피운다는 것은 자폭행위나 다름이 없다.

회령청년역 뒤쪽 오산덕 언덕은 제법 숲이 우거져 있다. 북한의 산이나 숲은 땔감으로 나무들이 마구잡이 베어져서 깊은 산을 제외하곤 대부분 민둥산이다.

산이나 들에는 나무는커녕 풀조차도 없다. 굶주린 주민들이 풀마저도 뿌리째 캐다가 끓여 먹기 때문이다. 뿌리째 뽑아 버리기 때문에 풀이든 뭐든 다시는 나오지 않는다.

그렇지만 이곳 오산덕 언덕은 김일성의 부인 김정숙의 생가가 있는 혁명사지라서 철저한 관리 덕분에 나무들이 잘 보존되어 있다.

청강호가 오르고 있는 언덕배기의 우거진 숲을 등지고 거대한 김정숙의 전신 동상이 우뚝 서 있다.

동상 앞 제단에는 꽃다발이 수북하다. 군복을 입고 있는 김정숙 동상은 왼손에는 김일성에게 받은 금반지를 끼고 있으며, 팔에 진달래 다발을 안고 있다.

진달래는 12개 줄기에 24개 꽃망울로 김정숙의 생일인 12월 24일을 나타내고, 216개의 꽃송이는 아들 김정일의 생일인 2월 16일을 상징한다.

김정숙 동상이 있는 곳은 성역이기 때문에 몇 명의 관리자가 상주하면서 철저하게 관리한다.

김정숙 생일이 얼마 남지 않은 탓에 지금도 10여 명의 남녀가 동상 주변을 정리, 청소를 하고 있는 광경이다.

청강호는 김정숙 동상을 힐끗 한 번 보고는 빠르게 언덕을 올라갔다.

김일성은 물론이고 김정일, 김정숙 동상에 대해서는 손으로 가리키는 것조차도 엄청난 불경이다. 그러다가 걸리면 그 즉시 가족 전체가 정치범수용소에 끌려가 죽을 때까지 나오지 못하게 된다.

아담한 숲 사이로 20~30채의 아담한 주택이 다닥다닥 모여 있다.

그런 주택 군락이 오산덕 북쪽을 제외한 동서남쪽에 빙 둘러쳐져 있는데, 이 일대가 그래도 회령시에서는 잘사는 모테(동네)로 꼽힌다.

그렇지만 그건 옛날 얘기다. 로동당이 주는 배급으로만 먹고사는 북한에서는 배급이 끊어지면 잘사는 사람이나 못사는 사람이나 다들 똑같은 신세가 되고 만다.

굶주림이 모두를 평등하게 만드는 것으로 그제야 비로소 북한이 지향하는 공산주의가 완성되는 것이다.

회령시는 남서쪽의 회령천과 북동쪽의 팔을천 사이에 자리를 잡고 있으며, 두 개의 하천은 모두 북쪽의 두만강으로 흘러들고 있다.

청강호는 오산덕을 넘어 팔을천 쪽으로 야트막한 언덕을 내려가면서 주위를 두리번거렸다.

언덕 오른쪽으로 여남은 채의 주택이 두 줄로 옹기종기 있는데 아래 칸 두 번째 집이 강옥화의 집이라고 했다.

끼이…….

그는 마치 자기 집을 찾아서 들어가는 양 거침없이 나무 문을 밀고 마당으로 들어갔다.

마당에는 쓸지 않은 눈이 수북하고 썰렁한 한기가 횡 하니 청강호에게 불어온다. 아무도 없는 빈집 특유의 분위기가 마당에 가득하다.

청강호는 재빨리 대문을 닫고 마당을 가로질러 굳게 닫혀 있는 문 앞에 이르러 조용히 사람을 불러봤다.

"계시오?"

역시 안에는 아무도 없는지 대답이 없다.

드르……:

마당에서 얼쩡거리다가 이웃의 눈에라도 띄는 날이면 곤란하기 때문에 청강호는 대뜸 문을 옆으로 밀고 안으로 들어가 문을 닫았다.

문 안쪽에는 툇마루가 길게 이어졌으며 방 3개가 나란히 있는데, 각 방 앞에는 함경도식 부뚜막이 큼지막하게 자리를 잡고 있다.

청강호는 첫 번째 방부터 차례로 열어보았다. 아무도 없다면 여기에서 한 시간 정도 기다리다가 돌아가서 내일 다시 와야 한다.

첫 번째, 두 번째 방은 텅 비어 있고 차디차게 냉기가 돌아 오래 비어 있는 방 같았다.

세 번째 방을 열려고 허리를 굽혀 손바닥으로 부뚜막을 짚은 청강호는 손바닥에 미약한 열기를 느꼈다. 부뚜막이 미지근한 것이다.

드르르……:

청강호는 긴장한 얼굴로 문을 열고 컴컴한 방 안을 자세히 들여다보다가 급히 신발을 벗고 안으로 엉금엉금 기어서 들어갔다. 아랫목에 깔려 있는 이불이 불룩한 것을 발견했기 때문이다.

무릎걸음으로 다가간 청강호는 이불에 사람이 누워 있는 것을 확인했다.

아랫목은 너무 컴컴해서 누워 있는 사람의 얼굴이 제대로 보이지 않아 청강호는 그 사람 얼굴에 제 얼굴을 가까이 갖다 대고 살펴보았다.

"뉘기요……."

"흐엇!"

쿵!

그런데 누워 있던 사람이 느닷없이 조용히 말하는 바람에 청강호는 화들짝 놀라서 엉덩방아를 찧으며 뒤로 나자빠지고 말았다.

"아범인가……?"

"아… 니오."

놀란 청강호는 엉거주춤 앉으면서 대답했다.

그런데 그때 마당이 어수선하더니 곧 사람 목소리가 뒤를 이었다.

"아이고… 고생만 늘어지게 했구마이."

"누나야, 나 배고파서 죽을 것 같다이……."

청강호는 단정하게 책상다리를 하고 앉았다. 까딱 잘못하다가는 강도나 도둑으로 오해를 받기 십상인 상황이니 정신 바짝 차려야 한다.

드르륵…….

바깥문을 여는 소리가 날 때 누워 있던 사람이 힘겹게 이불을 걷고 일어나 앉았다.

"끙……."

어둠이 조금 눈에 익은 청강호는 이불 위에 한쪽 무릎을 세우고 앉아서 자신을 바라보고 있는 사람이 하얗게 센 머리카락을 쪽진 할머니인 것을 알아보고 그녀가 정필의 할머니인 강옥화일 것이라고 짐작했다.

"누나야, 집에 누가 왔나 보다이."

밖에 벗어놓은 청강호의 구두를 발견한 모양이다. 방문 밖에서 변성기 소년의 목소리가 들리는가 싶더니 곧이어 방문이 왈칵 열렸다.

드륵!

"안에 누구 왔슴까?"

미닫이문이 옆으로 활짝 열린 곳에 남루하지만 깨끗하게 빨아서 입은 누비 솜옷의 소년이 경직된 얼굴로 날카롭게 쏘는 듯한 눈빛으로 어두운 실내를 재빨리 둘러보았고, 소년의 어깨 너머로 얼굴이 하얀 처녀 한 명이 커다란 눈을 더욱 크게 뜨고 놀란 표정을 짓고 있었다.

소년과 처녀는 단정하게 앉아 있는 청강호를 발견하고 두려움과 경계하는 표정을 지었다.

"누굼까?"

"우선 들어오기요."

산전수전 두루 겪은 청강호는 17~8살로 보이는 소년과 20살 남짓한 처녀에게 손을 까딱거리며 들어오라는 손짓을 해 보였다.

"할마이!

처녀가 소년을 옆으로 밀치고 아랫목 쪽을 들여다보면서 다급하게 외쳤다.

"내는 별일 없으이 들어와라이."

할머니와 소년, 처녀 세 사람이 나란히 앉아서 앞에 앉은 청강호에게서 시선을 떼지 않고 있으며, 어둠이 완전히 눈에 익은 청강호는 소년에게서 정필의 모습을 많이 발견하고 자신이 제대로 찾아왔음을 확신했다.

"당신 누군데 우리 집에 함부로⋯⋯."

"조용히 해라이."

소년이 청강호를 노려보며 사납게 외치는데 할머니가 조용히 꾸짖었다.

할머니는 한쪽 무릎을 세운 단정한 자세로 청강호를 응시하면서 힘없는 목소리로 말했다.

"인자 말해보기요. 선생은 뉘기요?"

"후우……."

청강호는 어깨를 펴고 크게 심호흡을 하고 나서 두 손으로 바닥을 짚고 할머니에게 물었다.

"할마이 건강하십니까?"

"나흘을 굶은 거이 말고는 건강하오만."

청강호는 더욱 긴장하여 마른침을 삼켰다.

"성함이 강옥화이십니까?"

"내 이름을 어찌 아오?"

젊은 시절에는 무척 미인이었을, 그리고 지금도 고운 용모를 지니고 있는 할머니는 놀란 표정을 지었다.

청강호는 심장이 두근거렸다.

"놀라지 마시기 바랍니다."

그렇게 말을 꺼낸 청강호는 천 마디 말보다 확실한 사진 한 장을 꺼냈다.

여기까지 오는 동안 구겨질까 봐 수첩 속에 고이 간직했던 빛바랜 흑백사진을 꺼내 떨리는 두 손으로 할머니 강옥화에게 내밀었다.

"이게 뭐이요?"

강옥화는 사진을 받으며 의아한 표정을 지었다.

"사진입니다. 잘 보십시오."

딸깍!

전기가 끊어져서 불을 켤 수 없기 때문에 청강호는 주머니에서 작은 플래시를 꺼내서 켜고 강옥화 앞으로 바싹 다가앉아 사진에 불을 비추었다.

강옥화는 70세의 나이에도 시력이 좋은지 플래시 불빛에 비친 흑백사진을 아무 생각 없이 물끄러미 굽어보았다.

청강호는 또다시 마른침을 삼키면서 강옥화를 주시했다.

처음에는 대수롭지 않게 사진을 보던 강옥화는 곧 움찔 몸을 떨더니 자세를 고쳐 앉고 두 손으로 사진을 소중하게 쥐고는 뚫어지게 바라보았다.

소년과 처녀는 무슨 일인가 싶어서 어리둥절한 얼굴로 강옥화와 청강호를 번갈아 쳐다보았다.

그리고는 영원히 깨어지지 않을 것 같은 침묵이 방 안에 한동안 흘렀다.

"어흑흑……!"

그런데 그때 강옥화가 사진을 뺨에 비비면서 갑자기 울음을 터뜨렸다.

"할마이!"

"어째 그럼메?"

청강호는 소년과 처녀에게 손가락을 입에 대며 조용하라는 제스처를 해 보였다.

"으허어… 으흑흑흑……!"

무릎을 꿇은 강옥화는 사진을 소중하게 바닥에 놓고 두 손으로 바닥을 짚고는 청강호가 플래시로 비춘 사진에서 눈을 떼지 못하며 눈물을 닦고 또 닦으면서 흐느껴 울었다.

그 사진에는 꿈에서조차 그리워하던 남편과 큰아들이 바로 어제의 모습으로 미소를 지으며 그녀를 따스하게 바라보고 있었다.

말이 쉬워서 43년이지, 27살 젊디젊은 나이에 남편과 8살짜리 큰아들을 남쪽으로 떠나보내 놓고 이날까지 장장 43년 동안 작은아들과 막내딸 둘을 키우면서 청상과부 아닌 과부로 살아왔을 그 기나긴 세월을 상상해 보라.

"으흐응… 으흑흑흑……!"

강옥화는 바닥에 내려놓은 사진에 상체를 숙이고 얼굴을 부비고 입술을 부딪치며 흐느껴 울고 또 울었다.

소년과 처녀는 이날까지 살면서 할머니의 이런 모습을 처음 보기에 너무 놀라서 어쩔 줄을 몰랐다.

소년과 처녀는 청강호가 빙그레 미소를 지으면서도 눈물을 글썽거리고 있는 모습을 보면서 더욱 이해할 수 없다는 표정을 지었다.

강옥화는 한참을 그렇게 울고 나서 여전히 무릎을 꿇고 두 손으로 바닥을 짚은 자세로 눈물범벅인 얼굴을 들어 청강호를 바라보았다.

"이 사진 어디에서 났소?"

청강호는 눈물을 흘리면서 미소를 지었다.

"최정필 씨가 주었습니다."

강옥화는 '최정필'이라는 이름은 처음 듣지만 무언가 강한 느낌을 받은 표정을 지었다.

"최정필이 누구요?"

"최문용 씨의 장손이고 최태연 씨의 장남입니다."

"허으……."

강옥화는 자신의 강한 느낌이 적중하자 또다시 울컥하고 북받치는 울음이 터져 나왔다.

소년과 처녀는 얼굴도 모르고 얘기만 들었던 할아버지와 큰아버지 이름이 나오자 앉은 자리에서 펄쩍 뛰어오를 정도로 놀랐다.

"할마이!"

"옴마야……."

강옥화는 그 자세를 풀지 않고 정말 소나기처럼 눈물을 흘리면서 청강호를 바라보았다.

"어흐흑……! 이보시오, 어서 말해보기요… 내래 궁금해서 숨이 끊어질 것 같소……."

청강호는 안주머니를 뒤져서 최문용의 손때가 묻은 낡은

하모니카를 꺼내 강옥화 앞에 내려놓았다.

"이… 이거이… 으흐흐흑!"

강옥화는 부들부들 떨리는 두 손으로 하모니카를 들고 들여다보더니 뺨에 비비며 또다시 흐느끼는데 청강호의 가라앉은 목소리가 귀를 울렸다.

"최문용 씨는 서울에서 건강하게 살아계십니다. 그분은 43년 동안 강옥화 씨를 그리워하면서 결혼을 하지 않고 홀몸으로 큰 아들 최태연을 키웠습니다."

강옥화는 최문용이 홀몸으로 43년을 살아왔다는 말에 하모니카로 가슴을 찌르듯이 부둥켜안고 몸부림쳤다.

"여보… 여보… 그 모진 세월을 어찌 혼자 사셨습까……."

강옥화는 자신도 고생이라는 고생은 다 하면서 아이 둘을 키우며 혼자 살아왔으면서도, 남편이 자기처럼 장남을 키우면서 혼자 살아왔다는 말에 감격하면서도 안쓰럽고 미안해서 애간장이 끊어질 것만 같았다.

청강호의 말을 듣고 어떻게 된 일인지 짐작을 한 소년과 처녀도 방바닥에 굵은 눈물을 흘리면서 몸을 떨었다.

"최태연 씨는 아들과 딸 남매를 낳았는데 올해 25살 된 아들 최정필이 할머니 강옥화 씨를 찾으려고 지금 연길에 와 있습니다. 최정필이 나를 여기로 보냈습니다."

"내 손자 정필이가… 나를 찾으러… 할마이를 찾으러 연길까지 오다이… 이를 어쩌면 좋은가……. 그 아이가 너무 고마워서리 이를 어찌할까… 어흐흑……! 정필이가 보고 싶구마이… 이보시오… 그 아이를 한 번만 보고 죽어도 내 소원이 없겠소……. 그 아이를 만나게 해주시오… 으흐흑!"

강옥화는 소년과 처녀의 손을 잡고 흐느끼며 말했다.

"태연이 아들이면 너들 사촌 오빠고 사촌 형이다이……. 그 아이가 나를 찾으러 연길에 왔다는구나… 연길이면 지척인데 말이다… 어흐흑……!"

강옥화는 손주들 손을 놓고 청강호에게 물었다.

"이보시오, 내 손자 정필이는 어찌 생겼소?"

청강호는 소년을 가리켰다.

"저 아이를 똑 닮았습니다. 형제 같슴다."

"길티… 길티 않고……."

"최정필은 키가 185㎝인 아주 당당한 청년임다. 그리고 나는 이날까지 그렇게 잘생긴 청년은 본 적이 없슴다. 인민배우 리영호보다 훨씬 잘생겼슴다."

강옥화는 웃으면서 울면서 고개를 끄떡였다.

"길티 않고… 우리 나그네가 얼마나 헌앙한 미남인데……."

크나큰 감격으로 인한 눈물과 몸부림의 시간이 지나고 청강호는 마지막으로 최문용이 친필로 적은 편지를 공손히 강옥화에게 건넸다.

"최문용 씨가 보낸 편지입니다."

"우… 우리 나그네가 나한테 말이오……?"

"그렇습니다."

강옥화는 지금까지보다 더욱 와들와들 떨리는 손으로 편지를 펼쳐서 읽기 시작했다.

청강호는 메고 있던 배낭을 내려놓고 바닥에 내용물을 쏟았다. 그는 쌀과 통조림 등 수북한 먹을거리를 두 손으로 소년과 처녀에게 밀어주었다.

"이것으로 밥을 해라."

청강호는 통조림을 어떻게 따는지 하나를 따서 시범을 보이고, 다른 가공식품들이 무엇이고 어떤 방법으로 요리를 하는지 일일이 설명을 해주었다.

처녀 최연희가 울면서 쌀 봉지와 먹을거리 몇 개를 들고 일어날 때 청강호가 소년 최정토에게 물었다.

"부모님은 어디 가셨니?"

"아버지는 학교에 출근하셨고 어마이는 이삭 주우러 들판에 나가셨슴다."

배급이 끊어진 북한에서는 마을 사람들이 추수가 끝난 논밭에 나가서 수북하게 쌓인 눈 속에서 몇 알의 알곡이라도 주워서 거기에 풀이나 물을 잔뜩 부어 죽을 끓여서 먹는 게 일상이 되었다.

그런데 사람들이 온 들판을 다 헤집어놓고 들쥐나 새들이 다 주워 먹어서 이제는 하루 종일 들판을 뒤져봐야 이삭 열 알 줍는 것이 하늘에 별 따기처럼 어려운 실정이다.

이들 남매의 아버지 최태호는 회령시 계림고등중학교 교장이라고 한다.

배급이 나오지 않지만 교장인 최태호로서는 학교에 나가지 않으면 안 된다.

학생들이 절반 이상 나오지 않는 학교라고 해도 교육자로서의 본분을 다한다는 것이다.

그것도 있지만 직장에 적을 두고 있는 남자가 무단결근을 하면 가차 없는 징계가 뒤따른다.

"어흐흐흑······! 여보··· 여보··· 나그네······."

한 장짜리 편지를 다 읽고 난 강옥화는 그대로 바닥에 쓰러져서 편지를 가슴에 쓸어안고 정말 숨이 끊어질 것처럼 오열을 했다.

정토는 할머니가 잘못될까 봐 옆에서 안달이 났다.

"할마이··· 할마이······."

강옥화는 일어나서 정토를 부둥켜안으며 흐느꼈다.

"정토야··· 할아버지가 내를 보고 싶다고··· 연길까지 만나러 오겠단다··· 으흐흑······!"

"할마이……."

"내가 이날까지 살았던 거이 우리 나그네를 만나겠다는 일념 하나였는데… 이자 내 소원이 이루어지는갑다……. 우리 장손이 할마이 소원을 이루어주는구나… 어흐흑……!"

어린 정토는 강옥화를 마주 안고 눈물을 철철 흘렸다.

연희와 정토의 엄마 선승연은 오늘 횡재를 했다. 들판에서 쥐굴을 발견한 것이다.

쥐라는 놈이 얼마나 영특한지 들판의 곡식들을 한 알 한 알씩 물어다가 쥐굴 깊숙한 곳에 감추어두는데 그게 몇 됫박은 되기에 쥐굴을 발견하면 일가족이 몇 날은 배불리 먹을 수가 있을 정도다.

더구나 쥐들은 곡식이 땅속에서 싹을 틔울까 봐 씨눈을 다 떼어놓기 때문에 사람이 쥐굴을 발견하면 곡식을 가져다가 절구에 찧어서 밥을 해서 먹기만 하면 된다.

선승연은 쥐굴에서 얻은 두 됫박은 족히 됨직한 쌀과 보리 꾸러미를 가슴에 안고 돌아오면서 그것으로 연로한 시어머니와 남편, 가족들을 먹일 수 있다는 생각에 나흘을 굶은 몸으로도 날아갈 것처럼 펄펄 달려서 집으로 돌아왔다.

저녁 늦게 퇴근해서 돌아온 이 집의 가장 최태호는 친한 친구에게서 얻은 두부 밥 4개를 종이에 고이 싸서 가방에 넣고 총총히 집으로 들어섰다.

식구는 5명인데 두부 밥은 4개뿐이지만 최태호는 걱정하지 않았다. 자기가 먹지 않으면 가족 4명에게 하나씩 돌아갈 수 있기 때문이다.

식구들이 같이 먹자고 성화를 할 테지만 자신은 친구 집에서 배불리 먹고 왔다고 말하면 될 일이다.

그걸 먹으면 가족이 또다시 며칠은 견딜 수가 있을 것이다. 미래라는 것이 전혀 보이지 않는 상황이지만, 지금으로선 그저 며칠씩 목숨만 연명하면 그로써 다행이다.

컴컴한 마당으로 들어선 최태호는 불이 꺼져서 어두운 집이 평소하고는 뭔가 다른 것을 느꼈다.

그때 기척을 느낀 선승연이 신발도 신지 않은 채 마당으로 달려 나와 울면서 남편을 부둥켜안았다.

"여보, 무슨 일이오?"

아내가 아무 말도 하지 않고 펑펑 울면서 자신을 집으로 잡아끌기만 하자 최태호는 심장이 철렁 내려앉았다.

"어… 어머니께서 잘못된 거이요?"

회령시 전체에서도 효자라고 소문이 자자한 최태호는 아내를 뿌리치고 구르는 것처럼 집 안으로 달려 들어갔다.

"어마이!"

가족들은 나흘 동안 굶어서 먹을 것을 보면 눈이 뒤집히고 환장할 지경이지만, 정말 오랜만에 차린 밥상에 하얀 쌀밥과 비록 통조림이지만 고기반찬을 비롯한 온갖 반찬이 그득한데도 아무도 손조차 대지 않았다.

모두들 이 집의 가장인 최태호가 돌아오기를 기다리고 있었다. 가정교육을 제대로 받은 식구들은 그렇게 하는 것이 정상이라고 알고 있다.

그런데 기다리던 최태호가 집에 돌아왔는데도 아무도 밥을 먹지 않고 있다.

최태호가 아버지와 형, 그리고 자신과 여동생이 함께 찍은 43년 전의 사진을 들여다보면서 그치지 않는 눈물을 흘리고 있기 때문이다.

"어마이, 이기 저 몇 살 때임까?"

"아범이 4살이고 명숙이가 돌이 막 지났을 때이다."

"어마이는요?"

강옥화는 반쯤 눈을 감고 43년 전의 어느 날을 회상했다.

"스물일곱인가 여덟이었지 아마……."

4일 동안이나 굶은 이 가족이 밥상을 옆에 놔두고도 밥 먹을 생각을 도무지 하지 않는 것 같아서 부득이 청강호가 나서야만 했다.

"저기… 배가 고픈데 밥 먹읍시다."

"먼저 드시오."

최태호는 청강호를 쳐다보지도 않고 말하고는 가족들에게 부친과 형에 대해서 얘기하느라 입에서 침을 튀겼다.

*　　　*　　　*

정필은 가짜 중국 공민증을 소지한 탈북자들을 이끌고 북경국제공항에서 비행기로 대한민국에 입국하는 방법에 대해서 심각하게 재고해야만 할 상황에 직면했다.

장중환 목사는 물론이고 김낙현까지도 그 방법에 대해서는 난색을 표했기 때문이다.

"만에 하나 공항 출국 심사 때 공민증이 가짜라는 사실이 발각되면 정말 빼도 박도 못 합니다. 베트남 밀림이나 몽골 사막이라면 도망이라도 쳐보겠지만 북경공항에선 도망칠 곳도 없지요. 발각되면 그걸로 끝입니다."

정필은 김낙현의 말은 듣고는 손톱만큼도 반박을 할 수가 없었다.

"북경공항에서 발각되면 탈북자가 대한민국으로 가려고 한 것이 100% 확실하기 때문에 북송되면 무조건 총살당하고 만다네. 그런 위험을 안고 모험을 할 수 있겠나? 발각되지 않는다는 보장 없이는 위험하네."

장중환 목사는 아예 쐐기를 박았다.

정필은 지금까지 북경공항을 통해서 대한민국으로 가려다가 발각당한 탈북자가 있는지 자체적으로 조사를 해봤으며, 김낙현에게도 부탁을 했다.

그 결과 1996년 12월 현재까지 그런 일이 몇 번 있었던 것으로 나타났다.

12월 8일 김길우 이름으로 사업자 등록을 낸 외제 중고차 매매 회사 사무실에 간판을 달았다.

간판에는 '黑天商事[흑천상사]'라고 적혀 있다. 정필이 김길우에게 회사 이름을 지으라고 말했더니 그런 이상한 이름을 지은 것이다.

정필이 어째서 그런 이름을 지었느냐니까 김길우의 대답이 자못 진지했다.

"탈북자들이 터터우를 '천사'라고 부르지 않습까? 그런데 제가 보니끼니 터터우는 내내로(항상) 까만 가죽 잠바만 입고 다닌신다 이말임다. 기래서 까만 천사, 한문으로 '흑천'이라고 지은 거이 아니겠습까?"

까만 천사, 그러니까 김길우의 말은 정필이 검은 천사라는 뜻이다.

흑천상사 개업식에 정필은 참석하지 않았다. 얼굴이 팔려서 좋을 게 없고 또 행여 흑사파 놈들이 뭐라도 얻어먹을 게 있을까 해서 기웃거리다가 그중에 정필의 얼굴을 아는 자가 있을지도 모르기 때문이다.

개업식에 온 사람은 모두 김길우의 지인뿐이었다. 이연화는 탈북자이기 때문에 중국에는 아는 사람이 한 명도 없다. 또한 김길우의 지인은 대부분 하층민이다. 김길우가 지금까지 해온 일이 노동이나 택시 운전 같은 직업이었기 때문이다.

제24장
입국 루트

　한국에 있는 정필의 여동생 선희가 보낸 외제 차 5대를 실은 선박이 내일 오전 중국 요령성의 항구도시인 대련(大連)에 도착한다는 연락이 왔다.

　"선희야, 따로 부탁이 있다."

　―말해봐.

　흑천상사 이 층 살림집 거실에서 한국의 선희와 통화를 하고 있는 정필은 따로 계획한 바가 있다.

　"외제 최고급 중고차 한 대 물색해서 사라."

　―최고급이라니, 그런 게 팔릴까?

"팔 게 아냐."

—뇌물이야?

천재 소리를 듣는 선희는 단번에 정필의 의도를 간파했다.

"그래."

—얼마짜리로?

"최고급이면 얼마나 하니?"

차를 좋아하는 정필이지만 요즘 나오는 최고급 외제 차 시세에 대해서는 잘 모르고 있다.

—음… 조금 기다려 봐. 알아보고 바로 전화할게.

"그래."

전화를 끊으려는데 선희가 급히 정필을 불렀다.

—아 참! 오빠 내 말대로 사무실에 컴퓨터 놨어? 인터넷은 연결한 거야?

"컴퓨터 놓고 인터넷 연결했다."

선희가 사무실에 컴퓨터를 놓고 인터넷을 연결하라고 성화를 해서 서둘러 구입을 했었다. 다행히 중국에도 인터넷이 된다고 해서 그것도 설치했다.

정필은 길림성 당서기 위엔씬을 만날 때 최고급 외제 차를 한 대 선물할 생각이다.

지난번에 위엔씬은 도문에서 테러를 당할 때 타고 있던 벤츠가 대파됐었다. 그때 벤츠는 정필이 잘 알고 있는 것으로서

1988년 구형 모델이었다.

길림성 당서기 정도 되는 쟁쟁한 인물도 8년이나 지난 구세대 중고 벤츠 모델을 타고 다닌다는 것이 조금 이상했으나 나중에 김길우에게 설명을 듣고 또 정필도 중국 경제나 상황에 대해서 따로 공부를 하고서야 어떻게 된 일인지 이해를 할 수 있었다.

중국은 1992년부터 본격적으로 경제 개방을 시작했기 때문에 올해로 경제개방 4년째인 중국의 거리에서 외제 차를 보는 것은 그리 흔한 일이 아니다.

공격적인 개혁경제개방을 하고 있는 중국은 전국에서 신흥 갑부와 재벌들이 우후죽순처럼 속속 등장하고 있지만, 자동차 산업 하나만 놓고 봤을 때 아직 자동차 후진국이고 또한 외제 차의 수입도 원활하게 이루어지지 않고 있는 실정이다.

그래서 돈 있고 권력 있는 극소수의 사람은 몇몇 잘 알려지지 않은 어둠의 루트를 통해서 고급 외제 차를 들여와 굴리고 다닌다.

과시욕과 허세가 상상하는 것 이상인 중국인들은 누가 더 고급 외제 차를 타고 다니는지 치열하게 경쟁을 하고 있으며, 그것에 따라서 그 사람의 부와 권력을 평가한다.

그런 상황에 정필이 첫 방문 때 위엔씬에게 중국에서는 구하는 것은 물론이고 보기조차도 어려운 최고급 외제 차를 선물한다면 정필의 입지는 더욱 확실하게 다져질 것이다.

원래 뇌물이니 인맥이니 그런 것들을 병적으로 싫어하는 정필이지만, 탈북자들을 생각하면 그보다 더한 짓도 할 수 있다는 생각이다.

길림성 당서기 위엔씬이라는 탄탄한 히든카드를 잘 관리해 두면 두고두고 도움이 될 것이다.

정필은 선희의 전화를 기다리는 동안 혜주 모녀의 방에 들어갔다.

"혜주야, 볼일 볼래?"

혜주 모녀가 김길우네 집에 온 지 오늘이 사흘째고 정필은 이틀 동안 혜주 모녀와 함께 지냈다.

두 여자는 누워서 꼼짝을 못 하기 때문에 누군가 곁에서 돌봐줘야만 하는데, 그녀들은 돌보는 사람이 정필이 아니면 절대로 안 된다고 막무가내다.

아까 아침에 눈뜨자마자 혜주와 한유선에게 볼일을 보게 하고 이제 정오가 지났다.

"오라바이, 어마이 씻고 싶으시답다."

"애, 혜주야."

한유선이 당황해서 소리쳤다. 사실 그녀는 오랫동안 씻지 않았고 사흘 전에 정필이 물수건으로 대충 닦아준 것이 전부

이기 때문에 몸이 꿈꿈해서 씻었으면 좋겠다는 희망 사항을 혜주에게 얘기했던 것이지 정필에게 씻겨 달라는 소리가 아니었다.

"아… 아임다, 선생님. 저는 양이 씻어도 됩다."

한유선은 당황하니까 함북 사투리가 와르르 쏟아졌다.

그때 밖에서 이연화가 한국에서 전화가 왔다면서 정필을 불렀다.

—오빠, 1994년형 BMW 750i가 하나 나와 있어. 신차 가격은 옵션 다 포함해서 1억 4천만 원쯤 하는데 중고로 8천에 나왔어. 메일 주소 알려주면 내가 그리로 자세한 거 보낼게.

"그 차 사라."

—오빠!

선희가 발끈했다.

—오빠, 아빠한테 사업 자금으로 1억 받았다면서? 그거 내가 중고차 5대 사서 보내는 데 7,500만 원 들었어. 어떻게 하려고 그래?

"내가 아버지께 전화해서 너한테 돈 주라고 할 테니까 일단 그 차 사."

—야아… 오빠, 일 크게 벌리네?

정필에게는 250만 달러가 있지만 그 돈은 이곳 연길에 있으니 대한민국에서 사용할 수가 없다. 또한 중국에도 외환관리법 같은 것이 있으므로 그 돈을 정당한 방법으로는 중국에서 대한민국으로 갖고 나갈 수도 없다.

"이왕 하는 거 제대로 해야지."

―오빠 말이 맞아.

선희 목소리가 한껏 밝아졌다.

―BMW 750i 사서 내가 직접 갖고 갈게. 오빠 얼굴도 보고 일을 잘하고 있는지 점검도 할 겸.

"너는 그냥 차를 사놓기만 해. 어쩌면 할아버지하고 아버지 모시고 올 일이 생길지도 모르겠다."

―오빠…….

선희도 가족이므로 정필이 북한 회령시에 할머니와 작은아버지가 살고 계시다는 사실을 알아냈다는 것 정도는 들어서 알고 있다.

―할머니하고 작은아버지 북한에서 모시고 나올 거야?

"그래. 날짜가 잡히면 연락할게. 그리고 며칠 내로 내가 한국에 갈 거야. 일이 잘되면 그때 내가 할아버지하고 아버지 모시고 오면서 차를 직접 갖고 올 거야."

―알았어, 오빠.

선희가 떨리는 목소리로 마지막 인사를 했다.

―오빠, 할아버지하고 아빠한테 평생 할 효도 이번에 한꺼

번에 다 하는 거야. 대단해, 우리 오빠. 파이팅!

팬티 바람의 정필은 혜주를 씻긴 다음에 한유선을 안고 화장실로 들어가서 따뜻한 물을 받아놓은 욕조 안에 조심스럽게 비스듬히 앉혔다.

"아아……."

타박상 때문에 고통스럽기도 하고 따뜻한 물 덕분에 그동안 쌓였던 몸의 피로가 풀리는 것 같기도 하여 한유선 입에서 저절로 탄성이 흘러나왔다.

"아직도 아픕니까?"

"이자는 많이 좋아졌습다."

정필의 물음에 한유선은 고마움이 가득한 표정을 지었다.

"솔직히 처음에는 그대로 딱 죽는 줄만 알았습니다."

한유선의 얼굴은 처음보다 많이 좋아져서 붓기는 싹 가라앉았고 눈두덩이와 광대뼈 근처에 퍼런 멍만 군데군데 남아 있었다.

그녀는 자신의 팔을 문지르고 있는 정필을 그윽한 표정으로 바라보았다.

"선생님한테는 죽을 때까지 갚지 못할 큰 은혜를 받아서리 뭐이라고 입을 열어 말하기도 감히 송구합니다."

정필은 한유선을 조금 일으켜서 묵묵히 뒷목과 어깨, 등을 문질러 주었다.

아직도 몸 여기저기에 피멍이 가시지 않았지만 그렇지 않은 부위는 살색이 눈처럼 뽀얗고 매끄러웠다.

"선생님은 뭐 하시는 분입니까?"

"북조선에서 탈출하는 사람들을 돕고 있습니다."

"어쩌다가 그런 일을 하게 됐습니까?"

정필은 대답 대신 본격적으로 씻기기 위해서 한유선을 번쩍 안아 욕조 밖 바닥에 벽을 기대고 앉혔다.

"아아……."

그런데 한유선이 고통스러운 신음 소리를 내면서 몸이 옆으로 기우뚱 기울자 정필이 얼른 그녀의 몸을 잡고서 조심스럽게 눕혔다.

정필이 두 손으로 비누 거품을 일으켜서 가슴과 배를 부드럽게 문지르는 동안 그녀는 눈을 꼭 감고서 약간 앓는 소리를 냈다.

"으음……."

"아픕니까?"

"아… 아임다."

한유선은 조금 아프기도 하지만 그보다는 건장한 근육질을 지닌 정필의 커다란 손이 젖가슴과 배를 쓰다듬으면서 비누칠을 하니까 묘한 기분이 되어 자신도 모르게 신음 소리가 흘러나온 것이다.

"저는 선생님이 어째서리 북조선 사람들 탈출을 돕는 거인지 알고 싶슴다."

한유선의 온몸에 비누칠을 하며 문지르는 것은 젊은 남자로서 쉬운 일이 아니다.

특히 한유선의 몸은 다른 탈북녀들에게서는 볼 수 없는 대단한 글래머라서 정필은 그녀의 온몸을 구석구석 쓰다듬고 문지르면서 흥분하지 않으려고 부단히 애를 쓰고 있는 중인데 그게 여간 고역이 아니다.

아예 여자로 생각하지도 않는 혜주를 씻기는 것은 전혀 문제가 없었지만, 한유선처럼 무르익어서 살짝 건드리기만 해도 터질 것 같은 글래머를 씻기는 일은 완전군장하고 산악 훈련을 하는 것보다 힘들었다.

그래서 그는 이런 상황에서 벗어나기 위해서라도 한유선에게 자신이 왜 이런 일을 하게 되었는지 처음부터 차근차근 설명하기 시작했다.

"아아… 그랬구만요……."

설명을 다 듣고 난 한유선은 크게 감동한 얼굴로 정필을 바라보았다.

그녀는 설마 정필이 그처럼 대단하고 훌륭한 일을 했을 것이라고는 전혀 예상하지 못했다가 얘기를 들으면서 몹시 감동하여 자기도 모르게 눈물까지 흘렸다.

정필은 한유선의 온몸 구석구석을 비누칠을 해서 다 씻기고 머리까지 감겨주고 나서 마지막으로 그녀를 일으켜 앉혀서 한 손으로 그녀의 어깨를 잡고 마른 수건으로 몸의 물기를 닦았다.

한유선은 그에게 몸을 맡기고 가만히 앉아 있다가 문득 하체에 찰싹 달라붙은 타이트한 팬티를 입은 정필의 그곳을 보고는 화들짝 놀라서 눈이 동그랗게 커졌다.

정필의 남성이 발기하여 옆으로 크고 길게 뻗었는데 얇은 팬티에 가려져 있다고는 하지만 너무 적나라한 모습이라서 한유선은 얼굴이 빨개졌다.

"옴마야……."

정필은 그녀가 무얼 보고 그러는지 알아차리고 머쓱한 표정이 되어 중얼거리며 그녀를 안아 들었다.

"음, 나도 남자라서 어쩔 수가 없습니다."

변명 아닌 변명을 하면서도 어색해서 죽을 것만 같았다.

한유선은 그의 품에서 눈을 반쯤 감고 긴 속눈썹을 가늘게 떨며 정필을 그윽하게 올려다보았다.

"선생님은 흥분 같은 거이 앙이 하는 줄 알았습다. 기래서 내래 기쁨다."

정필은 조금 어이없는 표정을 지었다.

"뭐가 기쁘다는 겁니까?"

한유선의 얼굴 전체가 멍든 것처럼 새빨개졌다.

"선생님을 흥분시키다이 제 몸뚱이가 아직은 쓸 만하다는 거이 아님까?"

정필은 피식 웃었다.

"그 정도가 아닙니다."

"아이면 뭡까?"

"한유선 씨는 대한민국에 가시면 아주 많은 남자의 넋을 빼놓을 만큼 뛰어난 미모와 몸매를 지녔습니다."

"옴마야… 저는 그런 거이 모릅다. 저는 이날까지 남자라곤 모르고 살았습다."

"남편은 남자 아닙니까?"

한유선이 쓸쓸한 표정을 지었다.

"그 사람은 같이 살면서리 몇 번 본 적도 없습다."

정필은 문득 향숙이 생각났다. 만약 정필이 한유선을 씻기다가 보인 반응처럼 향숙을 씻기면 지금처럼 발기를 할 것인가 하는 다소 엉뚱한 상상이 불쑥 떠오른 것이다.

그러고는 향숙에게도 발기를 할 것이라는 결론에 도달하고 쓴웃음이 났다.

향숙을 누님이라고 여기면서도 그녀에게 성욕을 느낄 수도 있다는 사실이 씁쓸했다.

그러니까 결국 성숙한 남자와 성숙한 여자 사이에는 누님이니 동생이니 해도 결국 그보다 앞서 강렬한 본능이 자리를 잡고 있다는 것이다.

"그런데 말임다."

한유선이 매우 어려워하면서 말을 꺼냈다.

"선생님이 그런 거를 아실까 모르겠슴다."

"뭘 말입니까?"

정필은 욕실을 나가려다 말고 문 앞에서 멈췄다.

몸을 움직이지 못하는 한유선은 부끄러움 때문인지 아예 눈을 감고 말했다.

"저하고 우리 혜주… 임신할지도 모르는데……."

"아! 알겠습니다."

"네?"

정필은 그걸 깜빡 잊고 있었다.

지난번 용정의 농장 축사에서 구출해 온 탈북녀는 모두 강간을 당했기 때문에 임신할 가능성이 있었다.

그렇지만 지난번 진희의 임신 방지약을 샀던 약국에서는 그렇게 많은 약을 한꺼번에 살 수가 없어서 평화의원 강명도에게 부탁하여 약을 구해 그녀들에게 복용시켰었다.

혜주 모녀도 똑같은 경우인데 정필은 그걸 잊고 있었다.

"임신이 앙이 되도록 하는 방법이 있갔슴까?"

"있습니다. 이따가 약을 갖다드리겠습니다."

"아… 그런 게 있구만요."

한유선은 비로소 안도하는 표정을 지었다가 곧 씁쓸한 표정을 지었다.

"저하고 혜주는 선생님에게 이자 부끄러운 것도 없게 됐슴다. 우리에 대해서는 속속들이 너무 잘 알고 계시니……."

정필은 빙그레 미소 지었다.

"그러면서 가까워지는 것 아니겠습니까?"

"솔직하게 말씀드리면… 선생님이 남편보다 더 의지가 됩니다. 고조 선생님 옆에만 있으면 무조건 안심이 됩니다. 앞으로도 잘 부탁합니다."

"그렇게 생각하시니 고맙습니다."

한유선은 고개를 살짝 돌려서 정필의 단단한 가슴 근육에 뺨을 댔다.

"하늘 아래에 선생님처럼 훌륭한 남자가 계시다는 거이 믿어지지 않슴다."

"선생님, 그 등짐 안에 든 거이 쓸모가 없는 거임까?"

정필이 한유선에게 약을 발라주고 있을 때 그녀가 한쪽 구석에 세워져 있는 배낭을 보면서 물었다.

"아닙니다. 매우 쓸모 있을 겁니다."

정필은 이틀 전에 한유선의 말을 듣고 배낭 안에 있는 것들을 면밀하게 체크해 보았었다.

아무 표식도 없는 하나의 작고 검으며 매끄러운 금속 상자에는 특이한 금빛의 열쇠 하나가 들어 있었다.

그 열쇠의 한쪽 면에는 'B.D.A'라는 영문 약자가, 반대쪽 면에는 영어 소문자와 숫자로 'mshsrtw—8886249'라고 정교한 솜씨로 새겨져 있었다.

그래서 정필이 컴퓨터로 인터넷을 띄워서 'B.D.A'를 검색해 봤더니 놀랍게도 마카오에 있는 '방코델타아시아'라는 은행이 나왔다.

그렇다면 혜주 아버지 민성환이 새로 개설했다는 은행이 방코델타아시아이고, 금속 상자의 열쇠는 은행의 비밀 계좌하고 연관이 있을 것이라는 게 정필의 추측이다.

그러나 정필이 짐작할 수 있는 건 그 정도까지다. 민성환이 방코델타아시아은행에 어느 정도 금액을 묻어놓았는지, 이 열쇠로 어떻게 해야 그 돈을 찾을 수 있는지에 대해서는 짐작조차 할 수가 없다.

알아보려고 하면 못 할 것도 없지만 지금으로선 구태여 그럴 필요가 없을 것 같았다.

그리고 배낭 안에는 서류 봉투가 하나 있었는데, 그 안에

15개의 플로피디스크가 담겨 있어서 컴퓨터에 넣어보니까 플로피디스크 하나마다 한 회사에 대한 모든 정보가 가득 채워져 있었다.

일일이 다 확인해 보지는 않았지만 아마도 플로피디스크가 모두 15개니까 결과적으로 15개 회사의 정보들이 망라되었다는 뜻일 것이다.

아마 그것들은 김낙현이 말한 김정일 비자금을 관리하는 39호실이 운영하는 해외 무역 회사들에 대한 정보일 것이다.

배낭에는 그것들 외에 옷 몇 벌과 달러가 들어 있었는데 50만 달러쯤 되는 엄청난 거액이었다. 한유선 말로는 집의 비밀 금고에 있던 달러를 다 갖고 왔다고 했다.

그렇게 돈이 많으니까 정필에게 브로커비라면서 600달러씩이나 선뜻 내놨던 것이다.

"그 돈도 선생님 다 드리갔습니다."

침대의 한유선과 혜주 사이에 앉아서 약을 바르고 있는 정필은 한유선의 말에 손을 내저었다.

"달러는 어디에서든 필요하니까 혜주 어머니가 꼭 갖고 있도록 하세요."

"남조선에 가면 돈도 나오고 집도 준다고 앙이 했슴까?"

"그래도 돈을 갖고 있으면 여러모로 보탬이 됩니다."

"남조선에 들어갈 때 돈 뺏지 앙이 함까?"

"잠시 맡아두었다가 조사가 끝나면 다시 돌려준답니다."

"아⋯⋯."

정필이 한유선의 유방에 약을 바르다가 젖꼭지를 스치니까 그녀가 신음 소리를 냈다.

"미안합니다."

정필은 그녀가 아파서 그런 줄 알고 조금 더 부드럽게 약을 발랐다.

"아⋯ 아임다."

한유선은 조금 당황하여 얼굴을 붉히더니 잠시 후 정필을 바라보며 말했다.

"남조선에서 저 돈을 다 돌려준다고 해도 저는 그거를 선생님한테 드릴 생각입니다."

정필은 그냥 미소만 지으며 그녀를 조심스럽게 돌려 눕혀서 등과 허리에 약을 발랐다.

"우리는 남조선에 대해서 아무것도 모르니깐이 선생님이 그 돈 갖고 우리를 보살펴 주기요."

정필은 웃음이 났다.

"나더러 두 사람 보호자가 되라는 겁니까?"

한유선은 엎드려서 혜주에게 물었다.

"혜주야, 너는 그거이 어찌 생각하니?"

혜주는 돌아앉아 있는 정필의 넓고 듬직한 등을 바라보며 방글방글 미소 지었다.

"저는 오라바이가 우리 아빠였음 좋겠슴다."

그런 대답을 듣자고 물은 게 아닌 한유선은 깜짝 놀라더니 입을 꼭 다물었고, 정필은 그녀의 엉덩이와 허벅지에 약을 바르며 빙그레 웃었다.

"나는 그냥 혜주 오라바이가 좋다."

이루어지지 않을 희망 사항인데도 한유선이 섭섭한 듯 볼멘소리를 했다.

"선생님은 제가 싫슴까?"

북한 여자들은 하나같이 순진한데다 지나칠 정도로 저돌적이고 솔직해서 정필로선 감당이 되지 않을뿐더러 지금 같은 경우에는 살짝 당황스러웠다.

"싫은 게 아닙니다."

"그럼 혜주 아빠가 되는 거이 어째 싫슴까?"

정필은 조금 어이없는 표정을 지었다. 그는 한유선이 19살의 어린 나이에 자기보다 22살이나 많은 민성환과 결혼하여 살아오느라 세상 경험이 전혀 없는 철딱서니가 됐을 것이라는 생각이 들었다.

"내가 혜주 아빠가 되는 것은 한유선 씨 남편이 된다는 뜻인데 한유선 씨는 내 아내가 되고 싶습니까?"

"......"

한유선은 대답하지 못했다.

"그것 보십시오. 그런 말도 안 되는……."

"되고 싶습다."

"네?"

"내래 정말로 그럴 수만 있다면 선생님의 부인이 되고 싶습니다……."

한유선의 말은 너무 작아서 정필만 겨우 알아들을 수 있을 정도였다.

정필은 그녀의 엉덩이에 약을 바르던 손을 뚝 멈추었다.

"북한에 끌려간 남편이 걱정되지 않습니까?"

한유선은 엎드린 채 단호한 목소리로 대답했다.

"조금도 걱정 안 됩다."

정필은 혜주를 돌아보았다.

혜주는 정필이 단지 쳐다보기만 하는데도 자신에게 대답해야 할 의무가 있는 것처럼 조그만 장미 꽃잎 같은 입술을 나풀거렸다.

"오라바이라면 10번도 못 본 남자를 아바이라고 부르고 싶갔습까? 그 사람은 아매하고 저를 가족이라고 생각한 적이 한 번도 없습다. 가족이라면 어째서리 우리를 그렇게 쳐내버려 놔두고 자기 할 일만 하면서 돌아 댕기갔습까?"

혜주는 감정이 격해져서 눈물을 펑펑 흘렸다.

"그리고 그 사람은 북조선에도 평양이랑 함흥 같은데 여기 저기 첩을 두고 살았슴다. 내 다 암다. 어마이가 혼자 문 닫고 울면서리 말하는 거이 다 들었슴다. 그 사람하고 싸우는 것도 다 들었단 말임다. 그 사람은 북조선에 있으면서리 집에는 앙 이 오고 첩네 집에만 있었단 말임다."

혜주의 말을 듣고 정필은 민성환에 대해서 뭐라고 두둔해 줄 말이 생각나지 않았다.

대한민국에서라면 그런 남자는 당장 이혼감이고 사회적으로도 매장을 당했을 것이다.

"사실은 말임다, 어마이도 저도 그 사람을 가족이라고 생각한 적이 없슴다. 우린 그냥 여태껏 어마이하고 저하고 둘이만 의지하고 살았슴다."

그렇게 말을 끝내고 나서 혜주는 서러움에 어깨를 들먹이면서 흐득흐득 흐느껴 울었다.

정필은 혜주의 그런 모습에서 시리도록 아픈 외로움을 느낄 수 있었다.

그리고 이들 모녀가 북한에서 어떻게 살았을지 충분히 짐작할 수 있을 것 같았다.

분위기가 이상하게 돌아가자 정필도 한유선도 어색해져서 아무 말도 하지 않았다.

정필은 여자들이 어리든 나이를 먹었든 모두 어린아이 같으며 남자들의 보호가 필요하다는 생각이 들었다.

그가 요즘처럼 많은 여자를 접하고 또 함께 생활하는 것은 생전 처음이다.

그가 마주치는 사람은 김길우와 명옥의 남동생 명호를 빼고는 전부 젊은 여자다.

그런데 정필 주위의 여자들은 하나같이 철딱서니가 없는 것 같았다. 아마도 외부하고는 단절된 특수한 체제 속에서 살아왔기 때문일 것이다.

그렇지만 정필은 모르고 있는 게 하나 있다. 몸과 마음, 그리고 용모까지도 흠잡을 데 없이 완벽한 그를 보고 반하지 않을 여자가 없다는 사실을 말이다.

약을 다 바른 정필은 한유선을 똑바로 눕히고 마른 수건으로 젖은 머리카락의 물기를 닦아내면서 물었다.

"대한민국에 가기로 결정했습니까?"

"가겠슴다."

한유선은 확고하게 대답했다.

정필은 머리카락 닦기를 멈추고 누워 있는 그녀의 머리를 쓰다듬었다. 마치 착한 아이를 대하는 듯한 행동이다.

"잘 생각했습니다."

만약 어떤 남자가 이렇게 머리를 쓰다듬었다면 한유선은

절대로 참지 않고 발작을 일으켰을 것이다.

그만큼 그녀는 누가 자신의 머리를 만지는 것을 병적일 만큼 싫어했었다.

그런데 지금은 싫기는커녕 오히려 기분이 좋고 편안해졌는데 그 이유를 그녀는 알지 못했다.

정필은 김길우가 운전하는 볼보를 타고 먼저 평화의원으로 갔다. 혜주 모녀가 복용할 임신 방지약을 받기 위해서다. 그리고 다시 영실네 아파트 근처에 왔다.

김길우는 조수석의 정필에게 꾸벅 고개를 숙였다.

"잘 다녀오겠습니다."

"부탁합니다."

내일 오전에 도착하는 한국 인천과 중국 대련을 오가는 여객선 편으로 선희가 보낸 외제 중고차 5대가 도착하기 때문에 김길우는 그걸 가지러 가는 것이다.

정필이 선희가 보낸 차량 인수증을 김길우에게 주었고, 또 김길우가 미리 대련의 차량 운송 트럭을 수배해 두었기에 거기에 싣고 돌아오면 되니까 별문제는 없을 것이다.

정필은 영실네 아파트에 들어가자마자 자신의 방으로 들어가서 은애를 몸속에 넣었다.

"오라바이, 보고 싶었슴다. 왜 이리 늦게 온 거임까?"

은애는 정필의 몸속에서 이리저리 움직이며 난리를 피웠다.

정필은 김길우네 집에 혜주 모녀를 돌보러 갈 때는 은애를 놔두고 다녔었다.

자신이 혜주 모녀를 돌보는 모습을 은애에게 보이지 않으려는 의도다.

정필이 벌거벗은 혜주 모녀를 씻기고 온몸에 약을 바르며 또 볼일까지 보게 해주는 모습을 은애가 봐서 좋을 게 없다고 생각했기 때문이다.

정필은 영실네 아파트로 돌아와서 오랜만에 모두 함께 저녁 식사를 했다.

"별일 없었습니까?"

영실네 아파트에 탈북자들이 득실거리기 때문에 정필은 밖에 나가 있어도 내내 걱정을 떨쳐 버릴 수가 없었다.

30평 남짓한 아파트에 15명이나 되는 사람이 북적거리면서 생활을 하다 보면 평범한 가정보다는 시끄러운 소음이 나는 탓에 이웃집에서 이상하게 생각할 수도 있다.

"다들 조심하니끼니 별일은 없었슴둥."

밥상 맞은편에 앉은 영실이 대답을 하고 정필 왼쪽에 앉은 향숙이 그의 밥에 생선 살을 발라서 올려주었다.

정필 오른쪽에 앉은 은주는 밥 먹을 생각은 하지 않고 그의 얼굴을 말끄러미 바라보기만 했다. 그가 거의 하루 종일 밖에 나가 있고 또 밤에는 외박을 하고 돌아오니까 그가 너무나도 보고 싶었기 때문이다.

이곳에 있는 사람들은 정필과 명옥의 남동생 명호를 빼곤 전부 여자뿐이다.

명호는 이제 13살이라서 아직은 남자라고 할 수가 없으니까 어엿한 남자는 정필 한 사람이다.

결론적으로 말해서 이 집에 있는 여자들은 모두 정필을 좋아하고 있으며 또한 그것은 짝사랑이다.

정필은 어떤 여자가 봐도 매력이 넘치는 청년이 분명하고, 또 이곳의 여자들은 하나같이 정필에 의해 수렁에서 건져졌으므로 그에게 매력 이상의 깊고 큰 감정을 느끼는 것은 너무도 당연한 일이다.

그렇지만 여자들은 정필에 대한 짝사랑을 마음속에 꼭꼭 감추고 있는 반면 오직 한 사람 은주만은 그를 사랑하고 있다는 사실을 때와 장소를 가리지 않고 거침없이 드러낸다.

왜냐하면 은주는 정필도 자기를 사랑하고 있다고 굳게 믿고 있기 때문이다.

그러니까 다른 여자들은 짝사랑이지만 은주는 자신과 정필은 서로 사랑하는 사이라서 남의 눈치를 보지 않아도 된다고 믿는 것이다.

저녁 식사 후에 정필은 여자들을 안방으로 불러 모았다.

"이번에 함께 갈 사람을 선별하기 전에 북경공항을 통해서 대한민국으로 가는 방법에 대해서 설명하겠습니다."

정필은 북경공항을 통해서 비행기로 대한민국에 입국할 경우에 발생할 수 있는 위험, 즉 북경공항에서 탈북자라는 사실이 발각되면 빼도 박지도 못하고 북송될 것이고, 그 결과는 총살을 당하거나 정치범수용소에 보내질 수밖에 없다는 것을 자세히 설명했다.

탈북녀들은 중국 공민증만 있으면 다 무사통과할 줄만 알고 있다가 정필의 말을 듣고 크게 놀란 얼굴들이다.

"기니끼니 오라바이 말은 우리가 공항에서 붙잡히면 혼소바루(곧장) 북송된다는 거임까?"

오른쪽에 앉은 은주가 정필의 팔을 붙잡고 눈을 동그랗게 뜨며 물었다.

"그래. 그러니까 무조건 잡히지 말아야 돼."

"우야야… 너무 무섭슴다."

은주뿐만 아니라 다들 몸서리를 쳤다.

"정필 씨가 우릴 델꾸 감까?"

정필 왼쪽에 앉은 향숙이 물었다.

"네, 누님."

"그럼 저하고 송화는 가겠슴다."

향숙이 다부진 얼굴로 말하자 다들 조용해지며 그녀를 바라보았다.

"정필 씨가 우리를 이끌어 주신다믄 거기가 지옥이라고 해도 따라가겠슴다."

탈북자 모두들 정필을 믿고 따르기는 하지만 향숙만큼은 아닌 것 같았다.

정필이 이끈다고 하더라도 지옥인 줄 뻔히 알고는 선뜻 따라가겠다고 나서지 못하는 것이다.

"저는 무조건 오라바이하고 같이 가갔슴다."

은주가 정필의 단단한 팔을 가슴에 꼭 안으며 당연하다는 듯 말했다.

"아바이하고 은철이는 제가 따로 물어보갔슴다. 두 사람이 가지 앙이 하겠다고 해도 저는 가갔슴다."

뒤이어서 진희와 순임도 가겠다고 나섰다. 은주 친구 진희는 하늘 아래 외톨이 천애고아이고 믿는 사람은 정필과 은주뿐이니 따라나서는 게 당연하다.

은애 친구 순임은 새로운 세계인 대한민국에서 자신의 꿈을 맘껏 펼치고 싶다는 소망이 너무나도 크기 때문에 아무것도 무섭지 않았다. 오히려 대한민국에 가지 못하게 되는 것을 두려워했다.

명옥과 명옥의 엄마, 남동생 명호도 가겠다고 나섰으며, 며칠 전에 온 상희 등도 가겠다고 나섰다.

　처음에는 다들 두려워하더니 향숙과 은주 등이 거리낌 없이 나서니까 결과적으로 영실네 아파트에 있는 15명 중에서 11명이 정필과 같이 북경공항을 통해서 비행기로 대한민국에 가겠다고 결정했다.

　정필은 자신을 포함해서 5명 정도가 적당하다고 생각했는데 11명이면 너무 많다.

　그렇다고 누군 데려가고 누군 남으라고 하는 것은 잔인한 처사다. 하지만 꼭 그래야만 한다면 11명 중에서 첫 번째로 데려갈 사람을 정필이 골라야만 한다.

제25장
은애 엄마

"어떻게 할 거임까?"

정필이 자신의 방에 들어오자 몸속의 은애가 기다렸다는 듯이 물었다.

"어떻게 해서라도 가야 합니다. 더 미룰 수는 없습니다."

"그래야겠지요?"

"앞으로도 북한 사람들이 계속 들어올 텐데 먼저 온 사람들은 빨리 대한민국으로 가야지요."

"그래도 북경공항으로 11명씩이나 몰려가는 거이 위험하지 않겠슴까?"

"위험합니다. 그러니까 다른 방법을 찾아봐야겠습니다."

"중국 남쪽으로 가서 베트남 밀림으로 가거나 몽골 사막을 건너는 거이 말임까?"

"음, 생각 중입니다."

북경공항을 통해서 11명씩이나 움직이는 것은 분명히 위험하기 짝이 없는 모험이다.

그게 안 된다면 밀림이나 사막이라도 건너서 가거나 11명 중에서 선발대를 골라야만 한다.

그 일에 대해서는 정필 혼자 결정할 게 아니라 장중환 목사와 김낙현을 만나서 상의를 해봐야 할 것 같다.

정필은 무조건 북경공항으로 가는 것을 고집하는 게 아니다. 최우선은 탈북자들의 안전이다.

아무리 빠르게 대한민국에 입국할 수 있는 방법이라고 해도 탈북자들이 중도에 붙잡혀서 북송된다면 아무 소용이 없는 일이다.

반대로 대한민국으로 가는 루트가 아무리 멀고 험해도 안전하게 대한민국에 입국할 수 있다면 당연히 그 방법을 선택해야만 한다.

"저 좀 빼주기요."

은애는 거의 하루 동안 정필을 보지 못했기 때문에 그의 얼굴이 보고 싶었다. 그런데 그가 집에 오자마자 그녀를 몸속에 욱여넣고는 식사를 하는 바람에 그를 제대로 볼 새도 없었다.

척!

"오라바이."

정필이 푸시업을 하려고 엎드리는데 방문이 열리면서 은주가 불쑥 들어왔다.

"뭐함까?"

정필은 엎드려 있다가 얼른 푸시업을 하면서 대답했다.

"어… 운동한다."

은애는 푸시업 자세를 취하고 있는 정필 아래에서 바닥으로 툭! 하고 떨어졌고 정필은 부스스 일어섰다.

"오라바이, 보고 싶어서 죽는 줄 알았슴다."

은주가 일어선 정필 앞으로 다가서면서 스스럼없이 두 팔로 그의 허리를 끌어안고 몸을 밀착시켰다.

엎드려 있던 은애는 정필의 뒤쪽에서 일어서다가 은주의 말을 들었다.

"오늘은 집에서 잘 거이지요?"

은주는 두 팔로 정필을 꼭 안으면서 까치발을 하고 얼굴을 한껏 들며 그와 입을 맞추려고 했다.

북한 여자로서는 꽤 큰 165㎝ 정도의 키인 은주지만 정필하고는 20㎝ 차이가 나기 때문에 정필이 고개를 숙이지 않으면 키스를 할 수가 없는 상황인데, 정필은 뒤에 은애가 있기 때문에 은주에게 협조를 하지 않고 그냥 뻣뻣하게 서 있었다.

"아냐. 오늘도 나가봐야 해."

"흐응……."

정필은 은주를 떼어냈다.

"속옷 갈아입어야 하니까 그만 나가라."

은주는 토라져서 팔짱을 꼈다.

"저는 오라바이 볼 거이 다 봤는데도 이제 와서 내외함까? 그냥 내 있는 데서 갈아입으시라요."

정필은 은주를 내쫓고 문을 잠그고는 바지와 팬티를 벗은 후 새 팬티를 집어 들었다.

"은주 말이 무슨 뜻임까?"

그가 팬티에 한쪽 발을 넣으려는데 은애가 앞으로 와서 불쑥 물었다.

"뭐 말입니까?"

정필은 팬티를 입으면서 시치미를 뗐다.

그는 은주를 룸살롱에서 탈출시키는 과정에 그녀의 벌거벗은 몸을 보기도 했으며 만지고 유방을 빨기도 했었다.

그리고 호텔에서는 잠시 이성을 잃은 상태에서 두 사람이 벌거벗고 한 덩어리로 뒤엉켜 서로를 애무할 때 은주는 그의 발기한 남성을 보기도 하고, 가슴에 안기도 했으며, 만지기까지 한 적이 있었다.

방금 전에 은주가 정필의 몸을 다 봤다고 한 말은 그걸 가리키는 것이었다.

슥—

은애는 정필이 입으려는 팬티를 잡고서 다그쳤다.

"방금 은주가 한 말 말임다. 은주가 오라바이 볼 거 다 봤다는 거이 무슨 뜻이냐는 말임다."

위에는 티셔츠를 입고 아랫도리만 벌거벗은 정필은 입으려던 팬티를 무릎에 걸친 상태에서 은애에게 붙잡히고 엉거주춤한 자세로 변명했다.

"은애 씨, 그게 아닙니다."

"아니긴 뭐가 아닙까? 은주가 오라바이 이것까지 다 봤습까? 아니면 만지기까지 했습까?"

은애는 한 손으로는 팬티를 잡고 다른 손으로 정필의 남성을 찌르듯이 가리키며 따지고 들었다.

여자의 직감이란 대단한 것이다. 여자를 속이려고 하는 남자가 있다면 그는 세상에서 가장 우둔한 남자가 분명하다.

은애는 정필의 남성을 자기 손으로 직접 잡은 적은 없지만 그의 몸속에 들어가서 그가 소변을 볼 때마다 수없이 만져봤었기 때문에 그의 남성을 만지는 것은 이제 익숙해졌을 정도가 됐다.

그녀는 자기 이외에 다른 여자가, 그것도 남이 아닌 여동생이 그의 것을 보고 또 만졌을 것이라는 상상을 하니까 미쳐 버릴 것만 같았다.

정필은 질투심과 집요함이라는 은애의 또 다른 일면을 발견하고 난감한 심정이 되었다.

"은애 씨, 설명할 테니까 일단 팬티나 입읍시다."

"입기 전에 대답부터 하기요. 은주가 이거이 봤슴까?"

팬티를 입다 만 묘한 상황이 됐지만 정필은 대답을 하지 않을 수가 없게 되었다.

"음, 봤습니다."

은애의 얼굴이 해쓱하게 변했다.

"그럼 만지기도 했슴까?"

"그렇습니다."

불길한 예감이 자꾸 맞아떨어지니까 은애는 울 것 같은 표정을 지었다.

"이거이 성나서 커진 것도 은주가 만졌슴까?"

정필로서는 자포자기 심정이 됐다.

"음. 그랬습니다."

"설마… 은주 땜에 커진 검까?"

"그… 렇습니다."

"오라바이, 어떻게……."

그러자 은애는 팬티를 놓고 그를 바라보며 원망하는 표정을 짓더니 바닥에 풀썩 주저앉았다.

정필은 얼른 팬티를 입고 주저앉아 있는 은애 앞에 책상다리를 하고 앉았다.

"내 말 좀 들어봐요."

"들어볼 것도 없슴다."

은애는 차갑게 돌아앉았다.

"저는 오라바이가 은주하고 그랬을 줄은 몰랐슴다. 옛날부터 머리 검은 짐승은 믿지도 말라더니 그 말이 하나도 틀리지 않았슴다."

"은주를 구하려면 어쩔 수 없었습니다."

"……"

정필이 두 손으로 은애의 양어깨를 붙잡고 돌려서 앉히고는 잘 들으라는 듯이 말하자 은애의 몸이 굳어졌다.

그녀는 정필이 술집 아가씨로 일하고 있던 은주를 구했다고만 들었지 그 과정이 어땠는지에 대해서는 자세히 들은 적이 없었고 정필로서도 구태여 그런 설명을 해줄 필요가 없었다.

"그렇게 하지 않으면 은주를 구할 수 없었다는 말입니다. 알아들어요?"

은애는 질투심에 눈이 멀어서 머리까지 바보 천치가 될 정도의 여자는 아니다.

"그… 랬슴까?"

정필이 고개를 끄떡이는 걸 보고 은애가 힘없이 말했다.

"무슨 일이 있었는지 말해보기요."

은애가 이렇게까지 나오자 정필은 심양의 룸살롱 낙랑공주에서 있었던 일을 말할 수밖에 없게 되었다. 그렇지만 미주알고주알 자세하게 설명하지는 않았다.

"그럼 룸살롱에 여러 사람이 있는 데서 정필 오라바이하고 은주하고 다 벗고서 그랬다는 거임까?"

"그건 아닙니다."

말을 아예 하지 않으면 모를까, 일단 말을 하게 되면 거짓말을 할 줄 모르는 정필은 룸살롱을 나온 이후 호텔에서 있었던 일을 대충 설명해 주어야만 했다.

"그러면… 호텔이라는 곳에서는 남들이 보지 않는데도 그랬다는 거이구만요?"

정필은 고개를 끄떡였다.

은애는 순진하기는 하지만 바보는 아니다.

"만약에 김길우 씨가 전화를 앙이 했으면 어떻게 됐을 거임까? 오라바이하고 은주하고 그거이 하지 않았겠슴둥?"

"아마 그랬을 겁니다."

정필은 구차한 변명보다는 솔직하게 시인했다.

은애는 책상다리를 하고 앉아서 착잡한 표정으로 정필을 말끄러미 바라보았다.

"오라바이 은주 좋아함까?"

은애의 목소리가 가늘게 떨렸다.

정필은 고개를 끄떡였다.

"좋아합니다."

"고롬 은주를 사랑함까?"

그렇게 물으면서 은애는 후회했다. 정필의 대답을 들을 자신이 없기 때문이다.

만에 하나 정필이 은주를 사랑한다고 말한다면 은애는 절망할 것만 같았다.

"그건 잘 모르겠습니다."

은애는 가슴을 쓸어내리면서 정리를 했다.

"은주를 좋아하는데 사랑하지는 않는 거임까?"

"그런 것 같습니다."

죄인이 된 듯한 정필은 고분고분 대답했다.

언니인 은애는 은주의 성격을 누구보다도 잘 알고 있다. 그 정도 상황이 벌어졌었다면, 은주는 무조건적으로 정필을 사랑할 것이고 정필 또한 자신을 사랑하고 있는 것이라고 믿고 있을 게 분명하다.

북한 여자들 대부분이 순진하기 때문에 한번 마음을 주거나 몸을 준 남자에겐 절대적으로 맹종하는 습성이 있으며, 그런 점에서 은주는 훨씬 더 심한 편이다.

은주는 은애처럼 평소에는 남자를 거들떠보지도 않았었지만 한번 마음을 준 남자에겐 목숨까지도 아낌없이 바치는 성격이다.

더구나 정필이 은주를 수렁에서 구해주었으며 서로 그 정도까지 진득한 애정 행각을 벌였으므로 은주로선 정필에게 몸을 준 것이나 마찬가지다.

그리고 은애가 알고 있는 정필은 아무 여자하고나 정을 나누는 헤픈 남자가 아니다.

"은애 씨, 사실……"

정필이 어렵사리 입을 열었다.

심사가 복잡한 은애는 그를 고운 눈으로 볼 수가 없어서 한껏 하얗게 흘겨보면서 말해보라는 표정을 지었다.

"나는 4년 넘게 여자하고 잔 적이 없습니다."

정필은 은애가 당연히 이해할 거라는 생각에 어렵게 얘기를 꺼냈다.

"여자하고 잔다는 거이가 설마 여자하고 그 짓을 하는 거를 말함까?"

"그렇습니다."

'그 짓'이라는 표현이 마음에 들지 않았지만 정필은 선선히

인정했다.

"그럼 4년 전에는 여자하고 그런 짓을 했었습까?"

"그렇습니다."

"우야야… 오라바이 순 짐승 같은…….."

북한에서는 남녀가 같이 자면 결혼을 하는 것이 지극히 당연한 일이다.

간혹 여자와 자고서도 책임을 지지 않는 남자가 더러 있기는 하지만 그런 남자는 바람둥이라는 낙인이 찍히고 만다. 그리고 북한에서는 남녀가 사귄다고 하면 대부분 결혼을 전제로 한다.

"오라바이 몇 여자하고 그 짓을 해봤습까?"

"두 명입니다."

"우야야… 이제 보이 오라바이 순 바람둥이 아임까?"

은애는 지금까지 지니고 있던 정필에 대한 환상이 다 깨져버린 듯한 표정을 지었다.

"그 여자들하고 그 짓을 하고서도 책임지지 않다이 오라바이 그런 남자였습까? 그 여자들 원망받으면서리 밥이 목구멍으로 넘어갔습까?"

"떠난 건 그 여자들이었습니다."

"……."

은애는 어리둥절한 표정을 지었다. 가부장적이고 남존여비가 분명하게 남아 있는 북한에서는 버림받는 것은 여자들의 몫이지 절대 남자가 아니다.

은애는 큰 충격을 받았다. 그녀는 정필이 씁쓸한 표정을 짓고 있는 것을 보고 뭔가를 깨달았다.

"남조선에서는 여자가 남자를 버리기도 함까?"

"자주 있는 일입니다."

"옴마야… 무슨 그런 놈의 세상이…….."

은애는 비단 크게 놀랐을 뿐만 아니라 심지어 그런 일이 자주 있다는 말에 충격을 받았다.

잠시 침묵이 흘렀다. 은애는 북한과 남한에는 엄연히 다른 남녀 간의 문화가 존재한다는 사실을 알게 되었다. 그녀는 그런 차원에서 정필을 이해하려고 애썼다.

"오라바이는 그 여자들을 사랑했었슴까? 그래서 그 짓을 했던 거임까?"

정필의 표정이 조금 더 씁쓸해졌다.

"그 당시에는 사랑했었는데 그 여자들이 떠난 후에 그게 사랑이 아니라는 걸 깨닫게 되었습니다."

은애는 고개를 크게 끄떡였다.

"그렇슴다. 떠나는 건 사랑이 아임다. 저는 사랑을 앙이 해 봤지만 그 정도는 알고 있슴다. 사랑하면 죽을 때까지 같이 있어야 한다. 그거이 사랑임다."

은애는 이제 중요한 것을 묻기 위해서 마른침을 삼키고 정필을 똑바로 바라보았다.

"그때 그 여자들을 사랑하던 마음하고… 지금 은주를 좋아하는 마음하고 어떤 거이 더 큼까?"

"은주가 훨씬 큽니다."

정필은 생각할 것도 없다는 듯 즉답했다.

"그럼 은주하고 나하고 누굴 더 사랑함까?"

"은애 씨를 더 사랑합니다."

은애는 아주 뜨거운 것이 심장을 관통하는 강렬한 느낌을 받고 몸을 후르륵 떨었다.

정필은 마치 은애가 혼령이 아닌 인간인 것처럼 강한 확신에 차서 대답했다.

은애가 무릎을 꿇고 정필에게 바싹 다가앉으며 그의 커다란 두 손을 잡았다.

"기쁘다."

"은애 씨."

"제가 비록 혼령이지만 정필 오라바이 말을 들으이 너무 기뻐서리 정신이 하나도 없슴다."

정필은 부드럽게 은애를 안고 뜨겁게 키스를 했다. 은애는 뼈가 없는 연체동물처럼 그의 품에 안겨서 가쁜 숨을 할딱거렸다.

키스를 하면서 정필의 손이 은애의 몸을 쓰다듬었지만 그
녀는 가만히 있었다.

은애는 키스를 하면서 흥분하기도 했지만 은주보다 자기를
더 사랑한다고 말해준 정필에게 상을 주고 싶어서 그의 손을
거부하지 않았다.

격렬한 키스와 애무가 끝난 후에 은애는 그의 품에 비스듬
히 눕듯이 안겨서 그윽하게 그를 바라보았다.

"아까 오라바이가 4년 넘게 여자하고 잔 적이 없었다는 게
무슨 뜻임까?"

"여자는 어떤지 모르지만 신체 건강한 남자가 오랫동안 여
자하고 자지 못하면 무척 괴로운 상태가 됩니다."

"왜 그런 거임까?"

은애는 놀라서 눈을 커다랗게 떴다.

정필은 살이 올라서 제법 풍만하게 변한 은애의 유방을 부
드럽게 쓰다듬으며 말했다.

"남자는 정기적으로 정액을 배출해야 하는 것으로 알고 있
습니다."

은애는 문득 생각나는 것이 있어서 물었다.

"그러지 않으면 그거이 크고 단단해짐까? 오라바이 것이 새
벽에 그렇게 되는 것처럼 말임까?"

정필은 빙그레 미소 지었다.

"건강한 남자라면 누구나 새벽에는 그렇게 됩니다."

"아… 그렇습까?"

"내 말은 남자가 정기적으로 정액을 배출하지 못하면 시도 때도 없이 아무 때나 아무 곳에서나 그것이 발기를 하게 됩니다. 그리고 내 경우에는 몸이 많이 찌뿌듯하고 또 피곤해집니다."

"그거이 곤란하구만요?"

"그래서 어떨 때는 잠을 자는 중에 여자와 그걸 하는 꿈을 꾸면서 몸속에 쌓인 정액을 강제로 배출하는 일이 벌어지는데 그걸 몽정이라고 합니다. 그렇지만 그런 일이 자주 일어나지는 않습니다."

은애는 몹시 놀란 표정을 지으며 흑백이 또렷한 커다란 눈을 깜빡거렸다.

"기니끼니 오라바이 말은, 호텔에서 은주하고 그런 짓을 한 이유라는 거이 오라바이가 4년 동안 여자하고 그 짓을 못 해서리 그렇다는 거임까?"

"그렇습니다. 너무 흥분해서 이성을 잃었습니다."

정필은 은애가 총명하다는 사실을 새삼스럽게 깨달았다.

슥—

그런데 은애가 정필의 품에서 벗어나더니 그의 앞에 책상다리를 하고 마주 앉았다.

"오라바이, 기럼 제가 어카면 좋겠슴까?"

은애는 얼굴을 붉히면서도 정필의 팬티에 가려진 그곳을 말끄러미 주시하면서 용기를 내서 말했다.

그녀는 정필이 소변을 볼 때 그의 것을 그의 눈을 통해서 많이 봤으며 그의 손을 통해서 만지기도 했었다. 그리고 아침에 일어나기 전에 그가 자신의 최대로 발기한 그것을 만지는 것을 느끼기도 했었다.

그렇지만 그녀는 남자가 흥분하고 또 사정을 한다는 것에 대해서 아무 것도 모르기 때문에 정필이 그것에 대해서 가르쳐주기를 원했다.

호기심이 절반이고 앞으로 정필하고 함께 지내려면 이런 일이 가끔 있을 것이고 또 꼭 필요할 것 같아서 어떻게 하든지 정필이 가르치는 대로 배울 생각이다.

정필은 뜻밖이라는 표정을 지었다.

"괜찮겠습니까?"

은애는 몹시 긴장했지만 이대로 그만두고 싶지는 않았다.

"제가 어카면 오라바이가 좋아하는지 말해주기요."

정필은 묘한 표정을 지었다.

"후회하지 않을 겁니까?"

은애는 겁먹은 얼굴이지만 입술을 꼭 깨물었다.

"안 한다."

정필은 묵묵히 은애를 바라보다가 이윽고 결심한 듯 팬티를 벗었다.

"아아… 이제 된 거임까?"

얼굴이 빨개진 은애는 숨을 할딱거렸다.

그녀는 정필이 가르쳐 주는 대로 제 딴에는 열심히 해서 끝내 그의 몹쓸 정액을 빼주었다.

정필은 두 팔을 뻗어 은애를 소중하게 가슴에 안았다. 은애의 눈물겨운 봉사로 정액을 방출한 정필은 그녀가 진짜 애인이 된 것 같은 기분이 들었다.

"은애 씨, 사랑합니다."

은애는 더없는 행복을 느끼면서 눈을 감았다.

"정필 오라바이는 은애의 목숨임다."

은애는 조금 전 정확히 말해서 정필의 남성을 직접 눈으로 보고 또 손으로 만져서 정액을 배출해 주기 전보다 지금이 훨씬 더 그와 가까워진 것 같은 기분이 들었다.

마치 부부가 된 듯한 느낌이라서 은애는 자신이 만약 정필과 진짜로 섹스를 하고 나면 어떤 기분이 될까 하는 기대감에 가슴이 심하게 콩닥거렸다.

정필은 김길우네 집에 가기 전에 김낙현을 만났다.

김낙현은 혼자 나왔는데 정필은 일전에 한 번 간 적이 있는 한식집에서 그와 소주를 마셨다.

"정필 씨는 청바지하고 가죽점퍼를 좋아하는 모양입니다. 늘 그 모습이군요."

"뭐, 특별히 멋 부리는 성격이 아니라서요."

김낙현의 말에 정필은 멋쩍게 웃었다.

그러나 김낙현의 표정이 곧 굳어졌다.

"어젯밤에 유선 쪽 두만강을 도강하던 북한 사람들이 국경 수비대의 총격으로 죽었다고 합니다."

"음……."

김낙현의 말에 정필의 얼굴이 저절로 돌처럼 굳어졌다.

"몇 명이나 죽었습니까?"

"알아본 바로는 8명이랍니다. 일가족 5명과 친척 2명, 그리고 브로커 한 명까지 모두 죽었다는 겁니다."

"죽일 놈들……."

정필은 이를 부드득 갈았다.

"유선이 어딥니까?"

"회령에서 두만강 상류 쪽으로 15㎞ 거리에 있습니다."

"음……."

정필의 입에서 저절로 신음 소리가 새어 나왔다. 청강호가 회령의 할머니와 가족들을 만나면 그들과 대화를 해서 어떤 확답을 갖고 돌아올 것이다.

할머니네 가족이 탈북할 의사가 있는지, 있다면 전체가 두만강을 도강하든지 가족 중 대표로 어느 한 명이 도강하는 날짜와 시간을 정해서 돌아오는 것이다.

연로한 할머니는 거동이 불편하고 또 일가족 5명이 이동을 한다면 집에서 가까운 회령 근처에서 두만강을 건너게 하고 정필은 회령 건너편 중국 땅 삼합(三合)에서 기다리고 있을 계획이었다.

그런데 하필이면 이런 때에 회령 인근 유선에서 두만강을 도강하던 8명이 북한 국경수비대 병사가 쏜 총에 맞아서 모두 죽었다니, 그런 일이 할머니 일가족에게 일어나지 말라는 법이 없을 것이다.

김낙현은 정필의 표정이 어두운 것을 보고 궁금한 얼굴로 물었다.

"무슨 일이 있습니까?"

"사실은……."

정필은 회령에 살고 있는 할머니 일가족에 대해서 간략하게 설명을 해주었다.

"그런 일이 있었군요."

김낙현은 진지한 얼굴로 고개를 끄떡였다.

"두만강이나 압록강으로 도강하는 것은 당분간 위험합니

다. 북한이 이런 식으로 총격을 하는 것은 처음 있는 일이지만 오래 가지는 않을 겁니다."

정필은 이번에 탈북자들을 이끌고 한국에 갔다가 할아버지와 아버지를 모시고 올 예정이었는데 이렇게 되면 무기한 연기할 수밖에 없게 되었다.

"방법이 없겠습니까?"

그래도 어떻게라도 방법을 모색해 보려고 물었지만 김낙현은 고개를 절레절레 저었다.

"지금 같은 삼엄한 국경 경계가 수그러들 때까지 기다리는 수밖에 없습니다. 국경수비대 병사가 아예 봐주겠다고 작정하고 나서면 무사히 도강할 수야 있겠지만 그건 불가능하다고 봐야지요."

"아……."

김낙현의 말에 정필은 반사적으로 양석철을 떠올렸다. 은애가 죽었다는 말을 듣고 퍼질러 앉아서 자기 잘못이라며 펑펑 울었던 무산 국경수비대 병사 양석철이라면 정필을 도와줄 것이다.

더구나 그는 초소장이라고 했으니까 돕겠다고 마음만 먹으면 할머니 가족을 무사히 도강시켜 줄 것이다.

"아는 병사가 있습니다."

"그렇습니까?"

"무산 국경수비대 초소장이라고 했습니다."

김낙현은 반색을 했다.

"그렇다면 무조건 됩니다."

그는 정필이 어떻게 북한 국경수비대 초소장을 알게 되었는지 묻지 않았다. 정필은 그의 그런 점이 마음에 들었다.

"그 병사에게 연락할 방법은 있습니까?"

"있습니다. 사람을 보낼 겁니다."

그런데 김낙현이 복잡한 표정을 지으며 고개를 모로 저었다.

"그렇지만 회령에서 무산까지 가려면 통행증이 있어야 합니다. 북한에서는 통행증 없이는 자신이 살고 있는 군이나 시 밖으로 나가지 못합니다."

또 다른 난관에 부닥쳤다.

"어떤 경우에 통행증을 발급해 줍니까?"

"적절한 이유가 있어야 가능합니다. 예를 들면 친척집 방문 같은 것입니다. 무산에 친척은 없겠지요?"

"내가 알기론 없습니다."

"뇌물을 쓰는 방법이 있습니다."

"그렇군요."

청강호가 뇌물을 쓰면 통행증을 발급받을 수 있을 것이다.

두 사람의 대화는 정필이 탈북자들을 이끌고 북경공항을 통해서 대한민국으로 입국하는 것으로 이어졌다.

"내가 생각해 봤는데 이런 방법은 어떻겠습니까?"

"뭡니까?"

"여행사 직원을 포섭해서 한국 관광단으로 위장하는 겁니다."

"흠."

"이 경우에는 여행사 직원이 여권과 비자 발급부터 공항 심사까지 모두 대행해 줍니다."

"아!"

정필은 '여권과 비자 발급'이라는 말에 움찔했다.

"여권 나오는 데 얼마나 걸립니까?"

"중국에선 한 달 정도 걸립니다. 혹시 여권이 없는 겁니까?"

"미처 그 생각을 못 했습니다."

북경공항을 통해서 대한민국으로 입국하는 방법은 너무도 허무하게 사라져 버렸다.

이 방법은 좀 더 치밀한 사전 계획이 필요했는데 정필은 쉽게 덤벼들었다.

이런 상황에서는 보통 어이없다는 표정을 짓는데 김낙현은 그러지 않았을 뿐만 아니라 다른 방법을 제시했다.

"이건 아직 한 번도 시도해 본 적이 없는 방법이지만……."

시도해 본 적이 없다는 김낙현의 말에 정필은 별다른 기대를 하지 않았다.

"배를 이용하는 겁니다."

그렇지만 정필은 김낙현의 말에 귀가 솔깃해져서 마시려던 술잔을 내려놓았다.

배는 한 번도 생각해 본 적이 없는 방법이다. 정필만이 아니라 장중환 목사나 그 어떤 탈북자들도 시도해 본 적이 없는 새로운 루트다.

"어떻게 하는 겁니까?"

"산동반도에서 대한민국 태안반도까지는 직선거리로 300㎞ 남짓입니다."

"그렇습니까?"

"중국과 한국에서 각각 배를 한 척씩 빌리는 겁니다. 그리고 날짜와 시간, 장소를 미리 정해놓은 다음에 산동반도에서 출발하여 두 척의 배가 서해 공해상에서 만나는 겁니다. 중국에서 출발한 배에 타고 있던 탈북자들은 한국 배에 옮겨 타고 한국의 태안이나 가까운 부두로 입항해서 곧장 경찰서에 찾아가면 됩니다."

"그거 좋군요!"

정필은 기쁜 나머지 손바닥으로 테이블을 쳤다.

"바다를 잘 아는 뱃사람을 고용하고 좀 큰 배를 구하면 많은 인원도 가능할 겁니다."

정필은 조금 흥분했다.

"산동반도의 항구에 가서 배를 구한 다음에 한국에 들어가서 배를 구해야겠습니다."

김낙현이 냉정한 얼굴로 고개를 저었다.

"아닙니다. 탈북자들은 정필 씨가 인솔해야 합니다. 그래야지만 정필 씨를 잘 아는 탈북자들이 동요하지 않을 것이고, 바다 위에서 무슨 일이 벌어지더라도 정필 씨가 있어야지만 해결할 수 있을 겁니다."

"그렇군요. 그럼 내가 한국에 먼저 입국해서 배를 구해놓은 후에 중국으로 와야겠군요."

김낙현이 엷은 미소를 지었다.

"한국 쪽은 걱정하지 않아도 됩니다. 진철이에게 부탁하면 됩니다."

"이진철 씨 말입니까?"

김낙현의 사위가 이진철인데 그에게 시킨다는 것이다.

"그렇습니다. 마침 진철이가 내일 입국하니까 그에게 시키면 안전할 겁니다."

"그래주시겠습니까?"

김낙현은 부드럽게 미소를 지었다.

"맡겨주십시오."

정필은 정중하게 고개를 숙였다.

"김낙현 씨에겐 여러모로 신세를 많이 지는군요. 매번 고맙습니다."

김낙현은 손을 내저었다.

"아닙니다. 내 개인적으로 봤을 때 진철이를 구한 것은 그무엇으로도 비길 데가 없습니다. 정필 씨 덕분에 나는 사위와 딸, 손녀를 한꺼번에 절망에서 건졌습니다."

김낙현의 관점에서는 그보다 더 큰 은혜가 없다.

소주 3병째를 마시기 시작할 무렵 정필이 김낙현에게 넌지시 말했다.

"민성환 씨 부인과 딸을 내가 데리고 있습니다."

"……"

원래 안주를 거의 먹지 않고 소주만 마시는 김낙현은 술잔을 입으로 가져가다가 너무 놀라서 동작을 멈추고 멍한 얼굴로 정필을 쳐다보았다.

"처음에는 그녀들이 누군지 모르는 상황에서 구했었는데 지난번에 이 집에서 술 마시다가 김낙현 씨 말을 듣고 알게 됐습니다."

정필은 혜주 모녀를 처음 만난 것부터 백산호텔에서 구한 일까지 설명해 주었다.

"야아… 정필 씨는 정말 굉장하군요."

김낙현은 감탄을 금치 못했다.

"그녀들은 대한민국으로 가기를 원합니다. 그리고 그녀들이 갖고 온 물건이 있습니다."

"무슨 물건입니까?"

정필은 김낙현이 몹시 긴장하는 얼굴을 보면서 말을 이었다.

"15장의 플로피디스크인데 각 한 장마다 회사 한 곳의 정보가 가득 담겨 있었습니다."

"그… 그겁니다!"

김낙현은 너무 흥분해서 자기도 모르게 큰 소리로 외치고는 식당 안을 둘러보며 머쓱한 표정을 지었다.

사실 민성환이 망명의 조건으로 제공하겠다고 한 것은 두 종류였으며, 김정일의 비자금과 39호실에서 직영하는 해외 무역 회사 15개에 대한 정보였었다.

그 둘 중에서도 무역 회사들에 대한 정보가 훨씬 더 가치가 있는 것은 두말할 필요가 없다.

"그리고 방코델타아시아 은행의 열쇠 하나가 있습니다."

"그건 민성환이 20년 동안 모은 김정일의 비자금입니다."

"필요하면 그것들을 김낙현 씨에게 드리겠습니다."

김낙현은 앉아서 고개를 꾸벅 숙였다.

"감사합니다."

그는 고개를 들고 정중하게 요구했다.

"그녀들을 우리에게 넘기십시오."

"말은 해보겠습니다."

"무슨 뜻입니까?"

"그녀들에게 연길에 파견 나와 있는 대한민국 안기부 요원에게 가겠느냐는 말을 해보겠다는 뜻입니다."

"아……."

"그렇지만 가겠다는 말을 듣기는 어려울 겁니다."

김낙현은 흐릿한 미소를 지었다.

"무슨 뜻인지 알겠습니다."

김낙현은 정색을 하고 말했다.

"정필 씨에게 또 한 번 큰 신세를 졌습니다. 정필 씨는 대한민국을 위해서 정말 큰 애국을 한 겁니다."

그가 지나치게 사무적으로 말하자 정필이 어색해졌다.

"아마 플로피디스크 15장은 안기부에서 가져가겠지만 비자금은 방코델타아시아 은행에서 출금하여 민성환 씨 가족, 즉 그 모녀에게 주게 될 겁니다."

"그렇습니까?"

"대한민국 정부는 탈북자나 망명자가 갖고 온 돈은 액수에 상관없이 한 푼도 건드리지 않고 전부 돌려주는 것을 원칙으로 삼고 있습니다."

술자리가 끝나고 일어서기 전에 김낙현이 정필에게 주의를
주었다.

"권보영이 연길에 돌아왔습니다. 조심하십시오."

김낙현과 둘이서 소주 5병을 마신 정필은 꽤 취해서 김길
우네 집에 돌아왔다.

김길우가 한국에서 보낸 차를 가지러 대련에 갔기 때문에
집에는 여자들뿐이다.

"터터우, 진지 잡샀슴까?"

아기를 업은 이연화가 정필을 반갑게 맞이하면서 물었다.

"먹었습니다, 형수님."

정필은 집 안을 한 바퀴 돌아보면서 문단속을 제대로 한
후에 이연화에게 죽 두 그릇을 받아 혜주 모녀가 있는 방으로
들어갔다.

정필은 혜주 모녀에게 볼일을 보게 해주고 또 죽과 임신 방
지약을 먹인 후에 몸에 약을 바르고 나서 말했다.

"옷을 입고 싶습니까?"

"입어도 됨까?"

사실 정필로서는 두 여자에게 하루에도 몇 번씩 약을 바르

는데 그때마다 벗겼다가 입히는 것은 상상만 해도 고역일 것 같았다.

그렇지만 여자들이 하루 종일 벌거벗고 있는 게 안돼 보여서 그렇게 말한 것이다.

"불편하긴 하지만 그래도 내가 남자니까……."

한유선이 정필을 곱게 흘겼다.

"하이고… 볼 거 다 보고, 만질 거 다 만지고, 혜주하고 저하고 속속들이 다 알고 있는 사람이 이제 와서리 저렇게 말하는 것 좀 보라이."

"그럼 날 남자로 생각하지 않는 겁니까?"

"어째 남자로 앙이 보겠슴까? 저한테는 선생님이래 어느 누구보다도 남자로 보임다. 하늘 아래 딱 하나밖에 없는 남자로 보인다는 말임다."

"내 말이 그 말입니다."

"길티만 선생님한테는 괜찮슴다."

정필은 침대에 벌거벗고 나란히 누워 있는 모녀를 번갈아 쳐다보면서 어이없는 표정을 지었다.

"그게 도대체 무슨 심리입니까?"

혜주가 헤실헤실 웃으며 말했다.

"저도 오라바이를 남자로 여김다."

"혜주, 너……."

그런데 혜주가 갑자기 진지한 표정을 지었다.

"제 첫 남자가 오라바이 같은 사람이었으면 좋았겠는데 늑대 같은 남자에게 짓밟혀서리……."

혜주의 말에 갑자기 분위기가 이상해져서 정필은 더 이상 말하지 않고 모녀에게 이불을 덮어주었다.

정필이 주섬주섬 바닥에 이불을 깔고 누우려는데 조금 전에 기분이 우울했던 혜주가 언제 그랬느냐는 듯이 맑은 목소리로 종알거렸다.

"오라바이, 침대로 올라오기요. 침대가 너르니끼니 오라바이 딱딱한 데서 자지 말고 올라와서 같이 자자고 어마이가 말했슴다."

"얘, 혜주야, 내가 언제 그랜?"

정필이 TV를 보면서 느긋하게 말했다.

"혜주야, 그러면 엄마가 불편하실……."

"내래 하나도 불편하지 않슴다."

한유선은 정필의 말이 끝나기도 전에 빠른 어조로 대답했다.

정필은 TV와 불을 끄고 침대 한가운데에 똑바로 누워서 혜주 모녀에게 양팔을 팔베개로 내주고 말을 꺼냈다.

"북조선의 보위부 같은 곳을 대한민국에서는 안기부라고 부릅니다."

"오라바이 쪽으로 돌아눕고 싶습다."

"내두요."

혜주가 불쑥 말하자 한유선도 따라서 중얼거렸다.

"혜주 너, 이러려고 나더러 침대로 올라와서 자라고 그런 거로구나?"

"헤헤, 이제 알았습까?"

정필은 팔베개를 빼고 모녀를 자신 쪽으로 돌아눕히고 나서 다시 누워 그녀들에게 팔베개를 해주었다.

혜주와 한유선은 약속이나 한 것처럼 정필에게 바싹 안겨들며 가슴에 한쪽 손을 얹었다.

"야아… 아빠 근육이 단단함다."

"배도 근육이 울퉁불퉁함다."

혜주와 한유선은 팬티만 입고 자는 정필의 가슴과 배를 만지작거리면서 탄성을 터뜨렸다.

"아빠, 술 냄새 많이 남다."

혜주가 갑자기 코를 킁킁거리면서 익살을 부렸다.

한유선도 정필 뺨에 코를 대고 혜주 흉내를 냈다.

"여보, 몸 생각해서 술 조금만 드시우다."

취기가 오른 정필은 넙죽 대답했다.

"네, 마님."

"아하하하하! 오라바이 웃김다! 아야야……."

"깔깔깔깔! 아아아……."

모녀는 웃다가 아프다고 신음 소리를 냈다. 이들 모녀는 정
필하고 있으면 아픈 기억이나 세상 시름을 다 잊는 모양이다.
철이 없는 것인지 순수한 것인지 모를 일이다.

정필은 조금 전에 하던 얘기를 계속했다.

"아까 연길에 나와 있는 안기부 사람하고 술을 마시면서 혜
주와 한유선 씨에 대해서 말해주었습니다."

두 여자의 몸이 경직되는 것이 정필에게 전해졌다.

"그 사람에게 저기 배낭의 물건을 주겠다고 했습니다. 그런
데 그 사람이 한유선 씨와 혜주를 자기네들한테 넘기라는데
어쩔 겁니까?"

방금 전까지 깔깔거리면서 웃던 모녀는 어둠 속에서 몹시
긴장하여 아무 소리도 내지 않고 있다가 한유선이 조심스럽
게 물었다.

"선생님은 우리를 안기부 사람에게 넘기겠다고 했슴까?"

"그 사람에게 가고 안 가고는 한유선 씨의 결정에 달렸다고
말해주었습니다."

"저는 당연히 앙이 갔으면 좋겠슴다."

"그럼 그렇게 전하겠습니다."

정필은 그제야 안고 있던 한유선과 혜주의 몸에서 경직이
풀리는 것을 느꼈다.

잠시 후에 한유선이 조심스럽게 입을 뗐다.

"그런데 우리는 언제 대한민국에 갑니까?"

정필은 그렇지 않아도 그것에 대해서 말을 하려고 했었다.

"내가 데리고 있는 탈북자가 꽤 많습니다."

"탈북자가 뭐임까?"

"북조선에서 중국으로 탈출한 사람을 탈북자라고 합니다."

"아……."

"아빠, 몇 명이나 됨까?"

혜주는 '아빠'라는 호칭에 재미를 붙였고, 한유선은 혜주를
나무라지도 않고 가만히 있었다.

"15명이야. 다른 아파트에 목사님이 데리고 있는 탈북자는
훨씬 더 많아."

"그 15명을 아빠가 모두 구한 검까?"

"그래."

"야아… 아빠 정말 대단함다."

한유선이 머뭇거리면서 물었다.

"모두 여자임까?"

"남자아이가 한 명 있고 모두 젊은 여자입니다."

"그 여자들도 강간당했슴까?"

정필은 모녀가 극도로 긴장하고 있는 것을 느끼면서 잠시 침묵하다가 대답했다.

"그때 두만강 온성에서 혜주하고 한유선 씨를 연길까지 안내하려던 브로커 있잖습니까?"

"네."

"그놈들 3명이었는데 인신매매범이고 흑사파였습니다."

"옴마야……."

한유선과 혜주는 동시에 정필의 품으로 파고들며 그를 꼭 끌어안았다.

"그놈들은 내가 처리했습니다. 그때 한유선 씨하고 혜주를 연길에 데려다준 다음에 그놈들이 강간을 하고는 가두어놓은 탈북녀들을 구하러 갔었는데 모두 17명이고 여자였습니다."

정필은 그 당시의 일을 설명해 주었다.

"그때 죽은 여자 3명하고 내가 우연히 발견한 두만강에서 얼어 죽은 여자 한 명을 며칠 전에 연길에서 장례식을 치러주었습니다."

한유선과 혜주는 눈물을 많이 흘려서 정필의 양쪽 어깨를 흠뻑 적셨다.

"조만간 내가 직접 탈북자들을 모두 이끌고서 대한민국으로 들어갈 건데 그때 한유선 씨와 혜주도 같이 갔으면 좋겠습니다."

"저는 아빠를 꼭 따라갈 거임다."

혜주가 정필에게 달라붙으면서 말하자 한유선도 질세라 한
술 더 떴다.

"여보, 우리를 버리면 앙이 됨다."

한유선은 정필을 한두 번 '여보'라고 부르더니 이제는 망설
이지도 않고 '여보'라고 부른다.

"안기부는 무섭슴다. 북조선에서는 남조선의 안기부가 지옥
보다 무서운 곳이라고 가르침다."

정필은 빙그레 미소 지었다.

"대한민국 국민들은 안기부라는 부서가 있는 줄도 잘 모르
고 있을 만큼 안기부는 안전한 곳입니다."

"그래도 우린 안기부가 싫슴다. 북조선 사람이 거기 들어가
면 간이고 심장 같은 내장과 장기들을 다 빼고 팔다리를 잘라
서 죽인다는데… 그런 거이 상상만 해도 무섭슴다."

한유선과 혜주는 바들바들 떨면서 정필의 품으로 자꾸만
파고들었다.

정필은 혜주가 우는 소리에 설핏 잠이 깼다.

"으흑흑… 흐으응… 하지 마십시오… 내래 아픔다… 고만
하십시오… 으헝……."

혜주는 자면서 강간당하는 악몽을 꾸는지 흐느껴 울면서

몸부림을 쳤다.

"혜주야, 이제 괜찮다. 괜찮아."

정필은 팔베개를 해준 손으로 혜주 머리를 쓰다듬으면서 달래주었다.

"으흐응… 아빠… 무서워요… 아빠……."

혜주는 정필 품으로 파고들면서 잠결에도 '아빠' 소리를 연발했다.

아빠의 정을 전혀 느끼지 못하고 자란 혜주는 정필을 진짜 아빠로 여기는 것 같았다.

여자아이들은 아빠에게서 최초로 남자를 배운다고 하던데 그런 의미에서 정필은 혜주에게 아빠이면서 동시에 남자일지도 모른다.

정필은 그날 백산호텔에서 혜주가 강간당한 직후의 처참했던 모습이 떠올라서 마음이 착잡해졌다.

아직 채 성숙하지 않은 14살짜리 어린 소녀가 그처럼 무참하게 짓밟혔으니, 아마도 그것은 혜주에게 죽을 때까지 지워지지 않는 트라우마로 남아서 그녀를 괴롭힐 것이 분명하다.

혜주가 정필의 보호 속에서 깔깔거리며 웃는 모습을 보이고 농담을 하는 것은 그나마 다행스러운 일이다.

그렇지만 정필이 없을 때 혜주와 한유선이 어떤 두려움에 떨고 있을지 상상을 하면 가슴이 답답해졌다.

이들 모녀는 정필의 품속에서만 편안함과 행복을 느끼고 있는데 언제까지나 그녀들 곁에 있어줄 수 없는 정필로서는 안타까울 뿐이다.

정필은 아침에 일어나 혜주와 한유선의 볼일을 보게 해준 후에 샤워를 시키고, 또 이연화가 가져온 죽까지 먹이고 나서 약을 바르기 위해 침대에 나란히 눕혔다.

"내가 중요한 볼일을 보러 며칠 동안 어디를 다녀와야 할 것 같습니다."

정필이 말을 하면서 살펴보니까 혜주는 몸의 멍이 많이 가셨고 음부의 상처도 딱지가 앉아서 약을 잘 바르면 이삼일 후에는 아물 것 같았다.

"아빠, 어딜 가심까?"

정필은 혜주 음부에 약을 바르는 것을 끝내고 상체를 일으키며 짐짓 엄한 얼굴로 꾸짖었다.

"이 녀석 자꾸 아빠라고 부를래?"

"헤헤… 저는 아빠라고 부르는 거이 좋습다."

혜주는 혀를 쏙 내밀며 귀엽게 웃었다. 그러는 혜주에게서는 지난밤에 자다가 악몽을 꾸면서 흐느껴 울던 모습 같은 건 흔적도 남아 있지 않았다.

그러나 그 흔적은 사라진 것이 아니다. 혜주의 마음속에 가시 덩어리로 남아서 언제든지 그녀를 찔러 마음의 피를 흘리게 할 것이다.

지금은 정필의 사랑과 자상함이 가시덩어리를 잠시 덮어주고 있을 뿐이다.

똑바로 누운 한유선이 자신을 치료하기 위해서 돌아앉고 있는 정필을 바라보며 나직한 목소리로 말했다.

"저하고 혜주는 지금까지 살아오면서리 선생님한테만큼 의지한 사람이 없었슴다."

정필은 한유선 어깨와 가슴에 묵묵히 약을 바르면서 그녀의 말을 들었다.

"세상천지에 어느 누가 우리한테 이렇게 잘해주는 사람이 있었겠슴까? 나도 혜주한테 이만큼 해주지 못했고, 우리 부모도 나한테 이렇게까지는 하지 앙이 했슴다."

정필은 한유선 눈에 눈물이 고이는 걸 봤지만 모른 체했다.

"선생님은 우리를 짐승 같은 놈들한테서 구해주었고 또 우리를 치료해 주었슴다. 선생님이 우릴 버렸으면 우리는 꼼짝없이 죽었을 거임다. 기니끼니 선생님이 우리 모녀 목숨을 몇 번이나 구한 거란 말임다."

정필은 묵묵히 약을 발랐다.

"어디 그뿐임까? 우리를 씻기고 똥오줌 다 누게 해주고 말임다. 그런 사람이 세상천지에 어디 있겠슴까? 우리는 선생님한 테는 부끄러운 거이 하나도 없슴다. 뭐라고 설명할 수도 없을 만큼 우리는 선생님을 믿고 따르는 거임다. 우리한테 선생님 은 남편이고 아빠고 이 목숨 다 바쳐서 충성해야 할 수령님임 다……!"

멍이 많이 가서서 본래의 뽀얗고 흰 우아한 모습이 드러나 고 있는 한유선은 급기야 눈물을 뚝뚝 흘렸다.

"선생님이 우리를 버리면 우리는 그날로 죽을 거임다. 살아 갈 희망이 없슴다."

"그런 일은 절대 없습니다."

"방금 선생님이 며칠 동안 어디를 다녀온다고 하지 않았슴 까? 그거이 우리를 버리는 거이 아님까? 다시는 우리한테 돌 아오지 앙이 하는 거 아임까?"

"내 말을 들어보십시오."

"선생님이 우리를 버리면 그날로 콱 죽어버릴 검다."

"한유선 씨."

"혜주야, 선생님 앙이 오면 우리 둘이 같이 죽자이."

"네, 어마이."

"하… 참."

정필은 한유선이 자기 말은 듣지도 않고 흥분해서 떠들자 유방에 약을 바르고 있다가 손가락으로 젖꼭지를 잡아 살짝 비틀었다.

"아……."

깜짝 놀라서 나직한 비명을 지른 한유선은 정필이 엄한 얼굴로 자신을 굽어보자 찔끔해서 눈을 내리깔았다. 그 바람에 두 눈에 고여 있던 눈물이 주르르 흘러내렸다.

"한유선 씨와 혜주가 타고 대한민국으로 갈 배를 구하러 가는 겁니다. 어떻게 할까요? 갈까요? 아니면 가지 말까요?"

"그거이……."

"댕겨오십시오, 아빠."

한유선이 대답을 못 하고 있는데 혜주가 나긋나긋한 목소리로 말했다.

"우리 걱정은 앙이 해도 됨다. 사실 말이지 저하고 어마이는 힘들지만 이를 악물면 조금씩은 걸을 수 있슴다. 어제도 어마이 똥이 많이 마려우니까 혼자서 정낭에 가서 볼일 봤슴다. 정낭 댕겨오는 데 한 시간이나 걸렸지만 이가 없으면 잇몸으로 사는 거이 아임까?"

"혜주야!"

"저나 어매나 아빠한테 어리광부리고 싶어서리 아예 조금도 움직이지 못하는 것처럼 했슴다. 저도 어마이도 누구한테 어리광 같은 거이 부려본 적이 한 번도 없었슴다. 아빠한테 처음임다. 기니끼니 아무 걱정 마시라요. 우리는 아빠가 꼭 돌아오실 거이라고 믿고 있슴다, 아빠."

혜주는 말끝에 힘주어서 '아빠'라고 불렀다.

"혜주야, 너… 아아……."

한유선은 혜주 쪽을 흘기면서 뭐라고 꾸짖으려다가 신음소리를 냈다. 정필이 지그시 젖꼭지를 비틀었기 때문이다.

"이보시오, 선생님. 거길 그리하면……."

한유선은 말하다가 또 말끝을 흐렸는데 정필의 조금 더 세게 젖꼭지를 비틀고 있기 때문이다.

그녀가 쳐다보니까 정필은 엄한 표정으로 쏘아보고 있으며, 만약 그녀가 계속 허튼소리를 하면 더 세게 젖꼭지를 비틀 것만 같아서 가만히 입을 다물었다.

그러면서도 한유선은 정필이 자신의 젖꼭지를 스스럼없이 비틀 정도로 친한 사이가 됐다는 사실 때문에 마음이 훈훈해져서 눈물을 글썽거리면서도 입술을 삐죽거리며 그를 곱게 흘겼다.

정필은 조용히 혀를 찼다.

"쯧쯧쯧… 하여튼 어린애가 따로 없다니까."

한유선은 얼굴이 빨개져서 더 입술을 삐죽거렸다.

한유선과 혜주는 크나큰 아픔을 겪었지만 정필하고만 같이 있으면 너무나 행복해서 그런 것들을 다 망각했다.

정필은 자기가 혜주 모녀를 구해주고 또 돌보다 보니까 급속도로 친해져서 마치 한 가족, 아니, 그 이상의 관계가 된 것 같은 기분이 들었다.

이들 모녀의 바람처럼 혜주의 아빠나 한유선의 남편이 된 것 같기도 하지만 가만히 생각해 보면 그보다 더 밀접한 관계인 것 같았다.

처음 폭설이 몰아치는 온성 두만강 얼음 위에서 이들 모녀를 만났을 때는 그저 스쳐 지나가는 타인이었을 뿐인데 지금은 이런 사이가 되다니, 사람의 인연이라는 것은 참으로 신기하다는 생각이 들었다.

정필은 영실네 아파트에 들러서 여자들에게 배를 구하러 며칠 다녀올 것이라고 얘기했다.

영실과 향숙, 은주 등은 북경공항에서 비행기를 타는 게 아니라 배로 간다는 사실에 놀랐지만 비행기보다는 배가 훨씬 안전하다는 정필의 말에 모두 크게 한시름 놓았다.

"몸은 좀 어때요?"

여자들이 다 나가고 안방에 영실과 향숙만 남았을 때 정필이 영실에게 물었다.

"이제 나 혼자서 조금씩 걸어 다닐 정도임매."

후줄근한 치마에 목이 늘어진 티셔츠를 입은 영실은 한쪽 무릎을 세운 자세로 고쳐 앉으며 말했다.

워낙 흐트러진 자세라서 치마가 들춰져서 뽀얀 허벅지와 팬티가 훤히 드러나고 목이 늘어진 티셔츠 아래 브래지어를 하지 않은 투실투실한 유방이 흔들리는 게 보였지만 정필은 모른 체했다.

영실은 정필 앞에서는 정신도 몸도 다 무장해제가 되기 때문에 몸가짐에 별로 신경을 쓰지 않는다.

하긴 영실이나 향숙은 정필에게 여자로서 마지막 그 이상의 모습까지 다 보였는데 뭘 부끄러워하겠는가.

하지만 그런 상황에서도 영실은 몸가짐이 흐트러지고 향숙은 반듯하다는 것이 달랐다. 아마도 성격 탓일 것이다.

"며칠이 걸릴지 모르니까 문단속 잘하고 조심하세요."

"향숙이가 잘하니끼니 걱정 마라우."

"며칠이나 걸림까?"

향숙이 영실의 팬티와 유방이 드러난 게 눈에 거슬리는 듯 불편한 안색으로 물었다.

"가봐야 알 겁니다. 배를 구하는 게 쉬우면 갔다 왔다 이틀이면 되겠지만 더 오래 걸릴지도 모릅니다."

"조심하기요."

"염려 마세요."

"정필 씨는 혼자 몸이 아니니까니 어떻게든 조심하고 또 조심해야 함다."

향숙은 진심 어린 표정을 얼굴에 가득 드리우고 거듭 조심하기를 강조했다.

"알겠습니다."

정필은 은애를 몸속에 넣으려고 자신의 방으로 가는데 말릴 새도 없이 은주가 따라 들어왔다.

은주는 등 뒤로 문을 닫자마자 정필에게 와락 안기면서 다짜고짜 항변했다.

"오라바이, 저를 일부러 멀리하는 거이 아님까?"

"내가 널 멀리한다는 말이니?"

"요즘 일부러 저를 피하는 거이 아님까?"

"아니다. 내가 왜 널 피하겠니?"

다른 사람들한테나 웬만한 일에는 강한 면모를 보이는 은주지만 정필 앞에서는 한없이 연약한 여자, 아니, 소녀다.

그녀는 왈칵 울음을 터뜨리며 그의 가슴에 얼굴을 묻었다.

"흐앙! 그런데 왜 집에는 붙어 있지도 앙이 하고, 저만 보면은 피하는 것 같슴까? 딴 데 다른 여자가 있는 거 같슴다! 말해보시라요! 다른 여자가 있슴까?"

정필은 은주를 속일 수가 없어서 이 기회에 은애에 대해서 말해주려고 마음먹었다.

사실 정필은 은주를 의도적으로 멀리했었는데 그것은 한집에 은애가 함께 있기 때문이었다. 은애가 있는 곳에서 대놓고 은주와 가깝게 지낼 수는 없는 일이다.

"은주야, 사실은……."

"정필 오라바이, 제 얘기 하지 말기요."

"……."

그런데 옆에서 들리는 은애 목소리에 정필이 그녀를 쳐다보았다.

두 사람이 안고 있는 옆에서 은애가 괴로운 표정으로 고개를 젓고 있었다.

"그냥 은주를 사랑한다고 말해주기요. 그거이 저의 진심임다. 부탁함다."

은주는 정필 품에 안겨서 더욱 몸부림치면서 흐느껴 울었다.

"어쩨 말을 못함까? 오라바이 다른 여자가 있는 거이 분명함다, 으흐흑!"

"은주야."

정필은 은애의 깊은 뜻을 알 수 있을 것 같았다. 그녀는 혼령이기 때문에 정필을 사랑하면서도 사랑의 결실을 맺을 수 없다고 체념을 하여 정필에게 은주를 받아들이라고 하는 것이다.

만약 은애가 살아 있는 몸이라면 아무리 동생이라고 해도 양보할 수 없겠지만, 그녀와 정필의 사랑은 이루어질 수 없다고 생각한 것이다.

"널 사랑하고 있어."

정필은 원래 은주를 좋아하기 때문에 그녀를 사랑한다고 말하는 것에는 어려움이 없다.

그리고 어쩌면 그는 은애만큼은 아니더라도 은주를 사랑하고 있었는지도 모른다.

"오라바이, 그거이 참말임까?"

"그래."

"아아… 오라바이… 저는 오라바이밖에 모름다. 오라바이가 저를 모른 체하면 저는 칵 죽어버릴 검다."

은주가 두 팔로 정필의 목을 감고 까치발을 하고 얼굴을 한껏 들어 올리며 키스를 원했다.

정필은 그녀의 허리를 안고 입술을 부딪쳐 뜨거운 키스를 퍼부었다.

옆에서 지켜보고 있는 은애가 신경 쓰였지만 지금은 어쩔 수 없는 상황이다.

"오라바이… 사랑함다… 죽도록 사랑함다……."

은주는 마치 어린 아기가 엄마의 젖을 빨듯이 정필의 혀를 힘껏 빨아댔다.

은애는 옆에서 두 사람이 깊은 키스를 하는 모습을 보면서 묘한 감정을 느꼈다. 불길 같은 질투가 느껴질 줄 알았는데 외려 마음이 편안했다.

그러고는 정필과 은주가 잘 어울린다는 생각마저 들었다. 하지만 그렇다고 해서 은애가 정필을 사랑하는 마음이 변한 것은 아니다.

정필은 영실네 집에서 미화 250만 달러가 담긴 보스턴백을 들고 나와 김길우네 집으로 왔다.

혜주 모녀가 있는 방 욕실 천장 위에 보스턴백을 밀어 넣고 뚜껑을 닫았다.

한유선과 혜주는 정필이 워낙 바삐 움직이니까 그를 방해하지 않으려고 침대에 나란히 누운 채 가만히 있었지만 시선은 부지런히 정필을 좇고 있다.

TV가 켜져 있지만 모녀는 TV보다 천만 배 더 관심이 많은 정필만 바라보았다.

하지만 정필은 그녀들이 말을 걸 기회를 주지 않을 정도로 분주하게 오갔다.

"형수님."

정필은 이연화를 방으로 불러들여 혜주 모녀 앞에 세웠다.

"두 분, 무슨 일이 있으면 형수님을 불러서 도와달라고 하십시오."

혜주 모녀는 정필에게 사사로운 감정을 드러내고 싶지만 이연화 때문에 그러지 못하고 참기만 했다.

"형수님, 다녀올 때까지 잘 부탁합니다."

이연화는 생글생글 웃었다.

"아무 염려 마시라요, 터터우."

따르르릉……

그때 거실의 전화가 울리자 이연화가 달려갔고, 혜주 모녀가 기다렸다는 듯이 조그만 소리로 속삭였다.

"아빠, 지금 가시는 검까?"

"여보, 이렇게 빨리 가시는 겁니까?"

이연화가 거실에서 급히 외쳤다.

"터터우! 흑하에서 서동원 씨 전환다!"

정필은 문을 박차고 뛰어 나가 거실로 내달렸다. 서동원이 은애 엄마를 찾아낸 모양이다.

지세한 상황을 모르는 은애는 거실로 뛰어가는 정필 속에서 따발총처럼 쏘아댔다.

"오라바이! 방금 저 여자들이 뭐라고 한 거임까? 아빠는 뭐이고 여보는 또 뭐임까? 오라바이 맨날 밤마다 여기 와서 자면서리 무슨 짓을 한 거임까? 나 몰래 저 여자하고 결혼이라도 한 검까? 어서 말해보기요!"

마음이 급한 정필은 은애의 물음에 대꾸하지 않고 이연화에게서 수화기를 건네받았다.

"서동원 씨? 최정필입니다."

—터터우! 김금화 씨를 찾았슴다!

서동원은 거의 고함을 질러댔다.

은애는 방금 전까지 정필을 잡아먹을 것처럼 닦달하더니 엄마를 찾았다는 말을 듣고 숨이 멈출 것처럼 놀랐다.

"김금화 씨를 확보했습니까?"

—그런데 김금화 씨를 산 남자가 만 위안을 준다고 해도 팔지 않으려고 함다!

"그럼 김금화 씨에게 사정 얘기를 하고 데려오세요!"

—얘길 다 했는데도 김금화 씨가 가지 않겠담다!

"연길에 가족이 와 있다는 얘기 했습니까?"

—했는데도 울면서 가지 않겠다고 함다!

정필은 자기가 뭘 잘못 들었거나 서동원이 잘못 말한 것 같다는 생각이 들었다. 연길에 남편과 아들딸이 와 있다는 사실을 말했는데도 김금화 씨가 따라나서지 않겠다는 것은 말이 되지 않는 일이다.

"뭐가 잘못된 겁니까? 그럴 리가 없습니다!"

정필의 목소리가 커졌다.

—터터우.

반대로 서동원이 목소리를 착 깔았다.

―김금화 씨가 임신을 했습다.

"……."

그 순간 정필은 머리를 해머로 호되게 두들겨 맞은 듯한 충격을 받았다.

"뭐… 라고 했습니까?"

―김금화 씨가 같이 살고 있는 중국 사내의 씨를 뱄습다.

"……."

정필은 두 번째로 할 말을 잃었다. 은애 엄마 김금화 씨가 임신을 할 것이라는 건 상상조차 하지 못했었고 그랬을 경우의 대처법은 전혀 계획에 들어 있지 않았었다.

―터터우, 어떻게 함까?

정필은 대답을 하지 못했고 대신 은애의 중얼거림이 메아리처럼 아련하게 들렸다.

"그기 말이 됨까? 아매 나이가 마흔넷인데……."

일이 상상할 수도 없을 정도로 복잡해졌다. 인신매매단에게 붙잡힌 김금화 씨가 중국 사내에게 팔려 가서 강제로 그의 부인이 되어 부부로 살게 된 것까진 상황이 그러니까 이해할 수 있다고 해도, 임신이라니, 도대체 은애와 은주, 은철이, 그리고 남편인 조석근 씨는 그 사실을 어떻게 받아들여야 한다는 말인가?

"서동원 씨, 10분 후에 전화 다시 걸 수 있습니까?"

—그러갔습다.

정필은 혼자 아래층 사무실로 내려갔다.

제26장
살아생전에

정필은 커피를 좋아하지 않지만 지금은 뭐라도 마시면서 생각을 정리하면서 은애하고 의논을 하고 싶었다.

그는 이연화가 사 왔다는 울긋불긋한 꽃무늬가 새겨진 예쁜 잔에 커피와 프림, 설탕을 대충 넣고 주전자에 물을 끓이는 동안 은애에게 말했다.

"은애 씨, 얘기 다 들었습니까?"

"들었슴다."

"어떻게 했으면 좋겠습니까?"

이런 건 정필의 전문이 아니다. 그는 행동적이고 능동적인 것을 잘하고 또 즐겨 하는 편이지, 이런 식으로 다른 사내의 부인이 되어 살다가 임신을 한 엄마를 어떻게 해야 하는지에 대한 대처법은 배운 적도, 들은 적도 없었다. 그저 황당하기만 할 뿐이다.

"하아……."

은애는 대답을 하지 못하고 한숨만 길게 푹푹 내쉬었다. 엄마가 그 나이에 아버지 조석근의 애를 임신했다고 해도 남우세스러워서 쉬쉬할 판국이다.

그런데 인신매매를 당해서 다른 남자, 그것도 중국 사내의 애를 임신했다고 하니 어찌해야 할지 아무 생각도 나지 않고 한숨만 나왔다.

후룩…….

"앗! 뜨겁습다……."

정필이 커피를 타서 한 모금 마시자 은애가 화들짝 놀랐다.

"이 탄내 나는 거피라는 거이 뭐하러 마심까? 내래 쓰기만 함다."

은애가 괜히 정필에게 짜증을 냈다.

"이렇게 합시다."

잠시 골똘하게 생각하던 정필이 가라앉은 목소리로 말했다.

"아버지에게 알려서 그분의 결정에 따릅시다."

"오라바이······."

정필은 몸속에서 은애가 바르르 떠는 게 생생하게 느껴졌다. 그는 은애가 지금 무슨 생각을 하고 있는지 짐작할 수 있을 것 같았다.

이 사실을 듣고 아버지가 받게 될 충격과 절망을 생각하고 걱정이 앞서는 것일 게다.

정필은 이 일로 인해서 지금까지는 한 번도 생각해 본 적이 없었던 사실 하나를 깨닫게 되었다.

어제까지만 해도 엄마였으며 아내였던 사람이 타인이 돼버린다는 것이 너무도 간단하다는 사실이다. 그리고 그것은 여자이기 때문에 가능한 일이었다.

문득 예전에 들었던 어떤 말이 생각났다. 남자는 사랑하는 여자와 살아야 하지만, 여자는 사랑 없이도 다른 남자와 살수 있다는 말이다.

10분 후 정필은 서동원과 통화하여 한 시간 후에 다시 전화하라고 이르고는 곧장 베드로의 집으로 갔다.

베드로의 집에 있는 모든 사람이 정필을 반겼고 특히 조석근과 은철이의 반가움은 더했지만 반가움은 그리 오래 가지 않았다.

조용한 방에 조석근과 단둘이 마주 앉은 정필은 김금화에 대해서 사실대로 얘기했다.

조석근이 기절할 것처럼 놀라고 잠시 후에는 방구들이 꺼질 정도로 한숨을 푹푹 쉬면서 절망하는 것은 정필과 은애로서도 예상했던 모습이다.

할 말을 다 한 정필은 조석근이 입을 열 때까지 참을성 있게 기다렸다.

이 문제에 대해서 결정을 내려줄 사람은 은애, 은주, 은철의 아버지이고 김금화의 남편인 조석근이다. 그것을 아무도 대신할 수가 없다.

"담배 있소?"

담배 피우는 모습을 한 번도 본 적이 없는 조석근이 정필에게 담배를 요구했다.

조석근은 담배 두 개비를 필터까지 피워서 방 안을 담배 연기로 자욱하게 만들고는 이윽고 말문을 열었다.

"최 선생에게는 뭐라고 할 말이 없소. 우리한테 베푼 은혜에다가 이렇게 다시 애들 엄마까지 찾아주었는데……."

조석근의 그 말에 정필과 은애는 이미 어떤 불길한 예감이 드는 것을 떨치지 못했다.

"대답부터 말하자면, 나는 이제 그 여자가 필요 없소."

"네……."

정필은 의미 없이 조용히 중얼거렸다.

"인신매매를 당해서 떼놈의 마누라가 된 거까지는 어떻게든 이해를 해보겠지만… 떼놈 새끼까지 임신했다는 거이는 도저히 용납할 수가 없소."

은애는 나직이 흐느끼기 시작했다.

"그것은 그 여자의 팔자고 운명이오. 기니끼니 데려올 필요 없소. 그냥 거기서 살라고 하시오."

그렇게 내뱉듯이 말하고 조석근이 벌떡 일어서자 정필도 따라 일어섰다.

척!

조석근은 정필의 두 손을 거머잡았다.

"내 최 선생한테는 정말 면목이 없소… 미안하오."

그렇게 말하면서 고개를 숙였다가 드는 조석근의 두 눈에서 눈물이 후드득 떨어졌다.

사랑하는 아내였던 여자를 한순간에 잃어버린 사내의 눈물이다. 여자의 운명이 기구하다면, 그 여자가 만들어낸 운명에 좌지우지되는 것이 남자다.

"아바이… 으흐흑……!"

정필 속에서 은애가 흐느껴 울었다.

은애도 정필도 조석근의 결정을 반박할 수가 없다. 흑하에서 사랑하지도 않는 중국 남자와 죽을 때까지 살아야 하는 것은 김금화의 운명이기도 하지만 여자의 숙명이기도 하다.

정필이 김길우네 집에 돌아왔을 때 대련에 갔던 김길우가 돌아와 일 층 전시장에 싣고 온 외제 승용차를 들여놓느라 정신이 없었다.

"하하하! 터터우! 이거 보십시오! 근사하지 않슴까?"

김길우는 전시장에 2대 들여놓은 비까번쩍한 외제 승용차들을 가리키며 의기양양하게 웃었다.

도로에는 외제 차 3대가 일렬로 세워져 있으며 그걸 구경하려고 사람이 많이 모여들었다.

승용차인 BMW, 벤츠가 전시장에 들어와 있으며, 역시 승용차인 재규어와 놀랍게도 SUV 2대가 도로가에 서 있어서 SUV를 구경해 본 적이 없는 사람들의 눈길을 사로잡고 있는 것이다.

"계속 수고 좀 하세요."

그렇지만 정필은 서동원의 전화를 받아야 하기 때문에 이 층으로 달려 올라갔다.

"오라바이, 어쩌면 좋슴까?"

은애는 베드로의 집에 갔다가 오는 동안 울면서 그 말만 계속하고 있다.

그렇지만 정필은 조석근을 만나고 오면서 입을 굳게 다물고 아무 말도 하지 않았다.

김길우는 정필의 표정이 심상치 않다고 생각했지만 차량들을 마저 전시장에 들여놔야 하기에 조바심을 내면서 일을 서둘렀다.

"오라바이, 뭐라고 말 좀 해보기요."

정필이 너무 말이 없자 은애는 애가 탔다.

정필은 전화기 앞에 앉아서 돌처럼 굳은 얼굴로 중얼거렸다.

"모셔 올 겁니다."

"뭐라 그랬슴까?"

"어머니를 일단 모셔 올 겁니다. 그러고 나서 좀 더 깊이 생각해 봅시다."

"아아… 어쩌려고 그럼까?"

정필이 아버지 말을 듣고 엄마를 포기할 거라고 생각했던 은애는 한편으로는 마음이 놓이긴 했지만 중국 남자의 아이를 임신한 엄마를 무작정 데려와서 그다음에는 어쩌려는 것인지 답답했다.

한 시간이 넘었는데도 서동원에게서 전화가 오지 않아서 정필은 초조하게 거실을 서성거렸다.

"아아… 어째 전화가 앙이 오는 거임까?"

애가 바싹바싹 타는 은애가 이따금 울먹이는 소리를 할 뿐

시간이 가는데도 전화벨은 울리지 않았다.

답답한 정필은 거실의 도로 쪽으로 난 베란다로 담배를 피우러 나갔다.

"후우……."

거실 쪽 베란다 통유리문은 닫고 도로 쪽 창을 절반쯤 열어놓은 채 담배 연기를 깊숙이 들이마셨다가 내뿜었다.

힐끗 돌아보니까 전화기 옆에는 이연화가 초조한 얼굴로 붙어 앉아 있었다.

"아아… 담배를 피우니까니 쫌 낫슴다."

은애가 약간 진정된 목소리로 중얼거렸다. 그녀도 이제는 애연가가 다 됐다.

"오라바이, 아매를 일단 여기로 데리고 오면 무슨 좋은 방법이 있갔슴까?"

"후우우… 어떻게 하든지 간에 어머니를 흑하의 중국 남자에게서 데려와야 할 것 아닙니까?"

정필이 격앙되려는 마음을 추스르면서 말했다.

"그거는 오라바이 말이 맞슴다. 아매를 그런 곳에 내버려둘 수는 없는 거임다."

"은애 씨, 이걸 한번 생각해 보십시오."

"말씀해 보기요."

"어머니가 스스로 원해서 제 발로 흑하에 가서 지금 살고 있는 남자를 만난 것이 아니잖습니까? 팔려 간 겁니다! 인신매매 말입니다! 북한에 남아 있는 굶주리는 가족들을 위해서 먹을 것을 구하러 왔다가 쳐 죽일 놈들에게 인신매매를 당했다는 말입니다! 어머니 마음속에는 온통 가족들에 대한 생각뿐일 겁니다! 어머니가 혹하에 팔려 가서 생판 모르는 남자와 몸을 섞고 또 그 남자의 애를 밴 것은 어머니의 뜻이 아니잖습니까? 지금 어머니 심정이 어떻겠습니까? 아마 죽고 싶을 겁니다! 서동원 씨가 여기 사정 얘기를 다 했는데도 오지 않겠다고 말하는 것은 가족들에게 면목이 없기 때문입니다! 어머니가 왜 면목이 없습니까? 어머니가 대체 무슨 잘못을 했다는 겁니까?"

정필은 말이 많아졌다.

"네… 흐응… 으흑흑……."

은애가 또 울기 시작했다. 엄마의 그런 기구한 상황을 생각하니까 슬픔이 북받쳐 올랐다.

그녀가 울면 정필은 이상하게도 가슴이 축축해지면서 기분이 우울해진다.

"내 말은 어머니가 임신한 게 어머니 잘못이 아니라는 겁니다. 왜 다들 그걸 모르는 겁니까?"

정필은 거듭 그걸 강조했다.

"으흐흑! 으앙!"

"어머니가 아니라 어느 여자가 됐든 그런 상황에서는 어쩔 수가 없었던 겁니다."

정필은 인상을 찌푸리고 언성을 높였다.

"나는 아버님을 이해할 수가 없습니다! 어제까지 목숨보다 소중했던 가족이 피치 못할 사정으로 몸을 더럽히고 임신을 하면 남이 되는 겁니까? 그럴수록 더 따뜻하게 감싸줘야 하는 게 가족 아닙니까?"

"흐윽! 그거이⋯ 북조선에서는 불가능함다⋯⋯."

"어째서 불가능하다는 겁니까? 세상 어디에서나 사랑하는 것과 가족애는 똑같은 거 아닙니까?"

"북조선에서는 말임다, 남자는 왕이야요. 여자는 노예나 종이고 남자는 손가락 하나 까딱하지 앙이 해도 큰소리 땅땅 치고 산다는 말임다."

"그런 말도 안 되는⋯⋯."

"남자는 바람피워도 괜찮고⋯ 흐으응⋯. 여자는 외간 남자하고 손만 붙잡아도 두들겨 맞는다는 말임다⋯ 북조선에서 여자들은 죄다 불쌍한 사람임다⋯ 어흑흑!"

정필은 딱 부러지게 잘라서 말했다.

"나는 어머니를 무조건 모셔 올 겁니다."

"으흐흑! 고맙슴다, 오라바이."

그런데 그때 담배를 피우면서 창밖 도로를 굽어보던 정필의 눈이 커졌다.

'권보영!'

길 건너 저만치 인도에서 걸어오고 있는 여자는 틀림없는 북한 보위부 상위 권보영이었다.

붉은색의 짧은 파카에 정장 바지, 짙은 선글라스를 끼고 긴 머리카락을 나풀거리면서 걸어오는 하체가 유난히 긴 여자는 권보영이 분명했다.

김낙현이 권보영이 연길로 돌아왔다고 말할 때는 그러려니 흘려들었는데, 정필이 눈으로 직접 보니까 속에서 울컥! 하고 뭔가 치밀어 올랐다.

그때 주위를 두리번거리던 권보영이 이쪽을 쳐다보는 것 같아서 정필은 잽싸게 창문 아래 벽 밑으로 몸을 숙였다.

"왜 그럼까? 방금 그 여자 누굼까?"

은애가 청강호를 따라서 북한에 들어가 있는 동안 정필이 권보영을 만났었기 때문에 그녀는 모르는 게 당연하다.

"권보영. 북한 보위부 상위 연변 주재 책임자입니다."

"옴마야……."

"저 여자의 임무 중에 하나가 길림성 전 지역의 탈북자들을 북송시키는 거랍니다."

"저승사자로군요."

정필이 살며시 일어나서 거리를 내려다보자 권보영이 흑천상사 앞을 지나서 길 건너편에 있는 시외버스 터미널로 들어가고 있는 게 보였다.

권보영이 연길에 돌아왔으니 앞으로 정필은 거리를 다닐 때 각별히 조심해야 할 것 같았다.

정필이 권보영을 먼저 발견한다면 그래도 괜찮겠지만 만약 그녀가 먼저 정필을 발견하면 무슨 일을 당할지 짐작도 할 수가 없다. 모르긴 해도 그녀는 정필을 보자마자 죽이려고 들 것이다.

"터터우!"

그때 이연화가 수화기를 들고 소리쳤다.

정필은 담배를 바닥에 던져서 발로 비벼 끄고는 급히 거실로 달려 들어갔다.

—최 선생, 나 청강호올시다.

그런데 수화기 너머에서 들려온 목소리는 서동원이 아니라 뜻밖에도 북한에 갔던 청강호였다.

"청강호 씨, 어떻게 됐습니까?"

—나 지금 삼합에 들어와 있소. 조금 이따 연길에서 볼 수 있갔소?

은애 엄마 일도 중요하지만 정필로서는 할머니 가족의 일만큼 중요한 것도 없다.

"물론입니다."

―연길에 도착하면 바로 전화하갔소.

"알았습니다."

따르릉―

전화를 끊자마자 벨소리가 울려 정필이 다시 수화기를 집어 들었다.

"여보세요."

―터터우! 김금화 씨를 다시 만나서 얘기했는데 가지 않겠다는 겜다! 얘기하다가 김금화 씨하고 같이 사는 중국 놈에게 들켰는데 나를 죽이겠다고 낫을 들고 쫓아와서 도망치느라 애먹었슴다……!

서동원은 지금도 숨이 찬지 헐떡거리면서 말했다.

"서동원 씨, 김금화 씨가 있는 곳에서 멀찍이 떨어져서 어디 여관 같은데 방을 하나 얻고 나서 나한테 전화하세요. 알았습니까?"

―알갔슴다.

정필이 전화를 끊자 차량 5대를 전시장에 모두 들여놓은 김길우가 이 층으로 올라와 거실로 걸어오면서 물었다.

"터터우, 무슨 일이 있슴까?"

정필은 소파에 앉으며 진중한 얼굴로 대답했다.

"서동원 씨가 김금화 씨를 찾았습니다. 그리고 방금 청강호 씨가 도문에 돌아왔다는 전화가 왔습니다."

"아… 둘 다 좋은 일이군요. 그런데 무슨 문제가 있습까?"

정필이 김금화에 대해서 설명해 주었더니 김길우는 크게 놀라고 나서 오만상을 찌푸렸다.

"골치 아프게 됐군요."

"길우 씨, 어떻게 하면 좋겠습니까?"

"저라면……."

김길우는 저만치 주방에서 아기를 업고 요리를 하고 있는 이연화를 힐끗 보고 나서 말했다.

"만약 제 마누라가 그런 상황이라면… 저는 생각할 것도 없이 무조건 데려옵다."

"네."

"마누라가 원해서 그런 일이 생긴 게 아니잖습까? 기니끼니 마누라를 데려와서 뱃속의 애를 지우든지 아니면 낳아서 키우든지 할 겁다. 일단 데려오는 게 먼저입다."

정필과 은애는 조석근과 김길우의 다른 점을 발견했다. 조석근은 가차 없이 김금화를 버렸지만, 김길우는 무조건 마누라를 데려와야 한다고 말했다.

그러니까 이것은 북조선과 연변 조선족 남자의 차이가 아니라 얼마나 더 아내를 사랑하느냐의 문제였던 것이다. 조석근은 아내의 몸뚱이를 중시하는 것이고, 김길우는 정신을 소중하게 여기는 것이다.

정필은 전화가 오면 아래층 사무실로 돌려달라고 이연화에게 말하고 차량 전시장으로 내려왔다.

전시장이 얼마나 넓은지 차량 5대를 보기 좋게 전시했는데도 공간이 절반이나 남았다.

정필은 5대의 차량을 꼼꼼하게 둘러보고 나서 나란히 전시된 SUV 2대 앞에 섰다.

"이 차는 연길 공안국장에게 주고 이쪽 차는 우리가 타고 다닙시다."

"예엣? 이걸 연길 공안국장에게 준다는 말임까?"

김길우가 랜드로버 디스커버리 1990년 모델을 가리키면서 놀라 눈을 휘둥그렇게 떴다.

"한국에서 웬만한 정비를 다 마쳤기 때문에 더 손을 보지 않아도 될 겁니다."

김길우는 몹시 놀랐으나 원래 긴말 같은 거 하지 않는 정필의 성격을 알고 있으므로 곧 고개를 끄떡였다.

"알겠습니다."

그는 랜드로버 디스커버리 옆에 있는 SUV를 가리켰다.

"그럼 이 차를 우리가 타고 다니면 여태 타고 다녔던 볼보는 어떻게 합니까?"

"서동원 씨가 타도록 합시다."

"그렇게 하겠습니다. 그런데 이 지프차 이름이 뭡니까?"

정필은 디스커버리보다 훨씬 휠베이스가 긴 SUV를 이리저리 둘러보면서 설명했다.

"1988년에 생산된 영국 랜드로버사의 레인지로버 모델인데 3.5리터 V8 터보차저엔진을 달았습니다."

"오오… 지프의 황제라는 레인지로버는 말로만 들었는데 진짜 보기는 처음임다."

"우린 앞으로 여기저기 많이 다녀야 하니까 승용차보다는 이런 SUV 차량이 좋습니다."

정필은 나머지 BMW와 벤츠, 재규어 승용차를 둘러보고 나서 계단을 올라가며 말했다.

"내 동생이 보낸 자료와 차량 가격이 있으니까 길우 씨는 그걸 보고 공부를 하고 또 받을 가격을 정하세요."

"잘 알겠습니다."

김길우는 적잖이 흥분했다.

"차값이 얼만지는 모르지만 아마 곱절은 받을 수 있을 거임다. 이렇게 좋은 차는 여기서 구경도 못 함다."

청강호가 연길에 도착했다는 전화가 오고 나서 3분도 지나지 않아서 서동원의 전화가 왔다.

─터터우, 여관을 잡았슴다. 여기 전화번호를 적으시라요.

서동원은 많이 초조한 것 같았다.

—터터우, 어떡하실 겁까? 내래 여기서는 어떻게 해볼 방법이 영 없갔시오.

"내가 그리 가겠습니다."

—네엣? 언제 오심까?

정필은 지금 당장 출발하고 싶지만 오늘은 너무 늦었고 또 대련에 갔다가 조금 전에 도착한 김길우를 다그쳐서 다시 데리고 나가는 것이 미안했다.

그렇지만 지리나 중국 형편을 거의 모르는 정필이 혼자 흑하까지 갈 수는 없는 노릇이다.

"내일 아침에 출발할 겁니다."

—알갔슴다. 기다리고 있갔슴다.

"형수님, 한 사람이 더 옵니다."

"염려 마시라요."

정필이 청강호를 기다리면서 주방의 이연화에게 말하자 그녀는 음식 만드는 게 신난다는 듯 대답하는 목소리에 힘이 들어갔다.

청강호를 기다리는 동안 정필은 거실 소파에 앉아서 김길우에게 탈북자들을 대한민국으로 데려가기 위해서 배를 구해야겠다는 얘기를 했다.

"고거이 참말로 좋은 방법임다……! 야아! 그런 방법이 있었구만요?"

"흑하에 다녀와서 같이 배를 구하러 갑시다. 우린 배에 대해서 전혀 모르니까 힘든 일이 될 겁니다."

"알갔슴다."

"그리고……."

정필은 주방에서 한창 바쁜 이연화를 쳐다보았다.

"형수님, 잠깐 이리 와보십시오."

안방에 아기를 재워놓고 요리를 하고 있던 이연화가 쪼르르 달려와서 소파에 앉아 있는 정필 앞 거실 바닥에 그를 향해서 무릎을 꿇고 앉았다.

"이번에 배를 구하면 형수님도 준태를 데리고 한국에 같이 갑시다."

"아……."

이연화와 김길우의 눈이 동그랗게 커지고 갑자기 호흡이 멈춘 것 같은 표정을 지었다.

두 사람은 서로의 얼굴을 마주 쳐다보았다. 김길우가 크게 고개를 끄떡이니까 이연화는 정필을 보면서 고개를 숙이며 힘차게 대답했다.

"터터우, 꼭 데려가 주기요!"

이제 이연화가 정필과 함께 가서 대한민국 국민이 되어 김길우를 초청하고 혼인신고를 하게 되면, 이들 가족은 모두 당당한 대한민국 국민이 되는 것이다.

아까 엄마의 일 이후로 은애는 아무 말도 하지 않고 침묵을 지키고 있다.

정필이 김길우와 배에 대해서 의논을 하고 또 여기저기 전화를 하고 있을 때, 갑자기 혜주 모녀의 방으로 이어지는 복도에서 작은 발자국 소리가 나서 두 사람의 대화가 뚝 끊어졌다.

두 사람의 시선이 복도 쪽을 향하고 잠시 후에 혜주의 화사한 모습이 나타났다.

혜주는 벽을 짚고 조심조심 걸어서 거실까지 와 정필을 보더니 환한 표정을 지었다.

"아빠."

"혜주야."

정필은 일어나서 혜주를 가볍게 안아다가 소파에 앉히고는 그 옆에 앉아서 머리를 쓰다듬었다.

"이제 잘 걷는구나."

혜주는 바지에 스웨터까지 입은 모습으로 정필을 보며 방그레 미소 지었다.

"아빠 보고 싶어서 왔슴다."

정필 옆에 앉은 김길우는 혜주를 보더니 몹시 놀라는 표정을 지었다.

"저는 혜주가 이렇게 예쁜 줄 몰랐습다. 야아… 저는 어른이고 아이고 이렇게 예쁜 사람은 생전 처음 봤습다……!"

"우리 혜주가 예쁘긴 예쁘죠."

정필이 상체를 멀찍이 떨어뜨리면서 감상하듯이 바라보자 혜주는 얼굴을 발그레 물들였다.

"아빠, 고만하기요. 부끄럽습다."

그러면서도 혜주는 정필에게 예쁘다는 말을 들어서 너무도 행복한 표정을 지었다.

잠자코 있던 은애도 혜주를 보고는 침묵을 깼다.

"우야야… 이기 사람임까 선녀임까? 쳐다보는 내가 눈이 다 멀어버릴 것 같습다."

김길우가 궁금한 듯이 물었다.

"그런데 혜주가 어째서 터터우를 아빠라고 부르는 검까?"

정필은 빙그레 웃으면서 혜주가 이날까지 아버지를 10번도 채 못 봤다는 것, 그리고 한유선이 22살 나이 차이가 나는 혜주 아버지하고 정이라고는 전혀 없다는 것, 그래서 혜주가 장난 삼아 정필을 '아빠'라고, 한유선이 '여보'라고 부르기 시작했다는 것을 설명했다.

김길우가 명랑하게 웃었다.

"하하하! 터터우는 모든 탈북녀의 연인이면서리 이자는 모든 탈북 아이들의 아빠가 되갔슴다."

"그러게 말입니다."

혜주가 눈을 빛내며 김길우에게 물었다.

"아빠가 탈북녀들의 연인이란 거이 무슨 뜻임까?"

김길우는 빙그레 미소 지으며 정필을 쳐다보았다.

"혜주, 너 잘 봐라이. 우리 터터우 얼마나 잘생기고 훤칠하니? 게다가 세상천지에 우리 터터우만큼 훌륭한 사람은 다시는 없지 않겠니?"

"기건 길티요."

"기니끼니 탈북녀들이 터터우만 보면은 안달을 하고 고조 그 자리에서 오줌을 싸는 기야."

혜주는 의아한 표정을 지었다.

"오줌은 왜 쌈까?"

"아… 실수다. 실수."

김길우가 당황해서 손을 휘이휘이 젓자 혜주가 고개를 갸웃거렸다.

"아빠가 약을 발라주거나 씻겨주실 때 저도 가끔 오줌이 마렵거나 찔끔거릴 때가 있는데, 그런 거임까?"

"으응? 그, 그래! 바로 그거다이. 하하하!"

정필은 구석방에 한유선 혼자 누워 있다는 걸 생각하고 그녀에게 가보았다.

"여보."

정필을 보자마자 한유선은 지옥에서 조상을 만난 것처럼 반가워하며 스스럼없이 '여보'라고 불렀다.

정필은 그녀가 '여보'라고 부르는 것은 자신이 꼭 남편이어서가 아니라 '선생님'을 대신하는 호칭일 뿐이라고 허물없이 듣고 넘겼다.

은애는 아까 정필의 설명을 들었지만 한유선의 '여보'라는 호칭에 적잖이 반감이 들었다.

"움직일 수 있으면 밖에 나가서 같이 어울리겠습니까?"

"그러갔습다."

정필의 말에 한유선은 기다렸다는 듯이 커다란 눈을 깜빡이면서 기쁜 표정을 지었다.

정필이 그녀에게 옷을 입히기 위해서 이불을 걷자 그녀의 벌거벗은 전라의 모습이 고스란히 드러났다.

"옴마야……."

한유선의 온몸 여기저기에 시퍼렇게 멍이 든 걸 보고 은애가 나직하게 비명을 질렀다.

그렇지만 정필이 보기엔 한유선의 상처가 많이 아물어서 처음에 비하면 거의 다 나은 것 같았다.

"오라바이, 이 여자 몸이 정말 아름답슴다. 같은 여자인 내가 봐도 반하겠슴다. 고조 살결이 눈처럼 하얗고 얼굴은 빛이 나는 것처럼 예쁨다. 북조선에 이런 여자가 있다는 거이 들어보지도 못했슴다."

은애는 한유선을 보고 감탄을 거듭했다.

정필은 누워 있는 한유선에게 옷을 입혔고, 그녀는 조금씩 몸을 움직여서 옷 입히는 걸 돕느라 애썼다.

정필은 바지에 실크 블라우스를 입은 한유선을 번쩍 안고 거실로 나가 혜주 옆에 앉히고 상체를 등받이에 편안하게 기대주고는 화장실에 갔다.

정필이 화장실 문을 닫자마자 은애가 물었다.

"정필 오라바이, 저 여자 어쩌다 저 지경이 되었슴까? 몸이 형편없슴다."

정필은 은애에게 혜주 모녀를 구한 것만 얘기했었지 자세한 내용은 말하지 않았다.

"모녀 둘 다 흑사파에게 강간당했슴다."

정필이 그 당시에 혜주 모녀가 얼마나 처참한 몰골이었는지 설명하자 은애는 기절할 정도로 놀라서 또다시 나직이 흐느껴 울었다.

"세상에… 그러고도 아직 살아 있는 거이 기적임다. 오라바이가 정말 큰일을 했다. 저는 오라바이가 자랑스럽슴다. 참말임다. 저 모녀가 오라바이한테 아빠라 하고 여보라고 부르는 거이 무조건 이해하갔슴다. 그보다 더한 짓을 해도 다 용서하갔슴다. 그래야지만 됨다. 그런 거를 이해 못 하면 바보천치임다."

정필이 변기에 시원하게 소변을 보고 있을 때 은애는 제 스스로 하나의 맹세를 했다.

"저는 이자부터 절대로 오라바이를 질투하지 않갔슴다. 오라바이 같은 분을 질투하는 것은 천벌 받을 일이야요. 정말로 맹세함다."

"고맙슴다."

은애는 정필이 소변을 다 보고서도 바지를 추스르지 않는 걸 이상하게 여겼다.

"뭐함까?"

"기특한 은애 씨에게 상을 주고 있슴다."

"무슨 상 말임까?"

정필은 자신의 물건을 내려다보면서 손으로 만지작거렸다.

"은애 씨에게 내 것을 실컷 보고 만지게 해주는 상입니다."

"꺄아악! 오라바이!"

"하하하!"

정필은 명랑하게 웃으면서 물건을 집어넣고 변기에 물을 내렸다.

"은애 씨 내 것 만지는 거 좋아하지 않슴까?"

"좋아하긴 하지만 이렇게 노골적으로… 옴마야! 내가 무슨 소리를 하는 겜까?"

"하하하하!"

정필은 화장실을 나서며 빙그레 웃었다.

"이제 좀 마음이 편안해졌습니까?"

"오라바이, 이자 보니까 날 위해서 부러 농담한 거였구만요?"

은애는 정필의 그런 배려에 고마움을 느끼면서도 할 말은 꼭 하고 넘어갔다.

"아까 보니까니 저 아주마이가 오라바이를 좋아하는 눈빛이드만요."

딩동~

건물 뒤쪽, 그러니까 김길우네 집 현관의 벨이 울려서 김길우가 나가보니까 청강호가 밖에 서 있었다. 정필이 이리 오라고 집을 가르쳐 준 것이다.

청강호가 오기를 기다렸던 정필 등은 거실 바닥에 차려진 커다란 저녁상 둘레에 모여 앉았다.

"같이 먹읍시다."

정필은 한유선과 혜주를 안아다가 거실 바닥에 나란히 앉혀서 소파를 기댈 수 있도록 해주고 그녀들 앞으로 저녁상을 당겨주었다.

"아빠, 요기 앉으세요."

혜주가 몸을 꼼지락거리면서 자기와 한유선 사이의 바닥을 손바닥으로 탁탁 쳤다.

청강호를 제외한 사람들은 혜주가 정필을 아빠라고 부르게 된 사연을 알기 때문에 빙그레 미소를 지으며 바라보았고, 정필은 모녀 사이에 앉았다.

늦은 저녁 식사를 하면서 일행은 술을 마셨다.

청강호가 정필의 술을 받으면서 싱글벙글 미소 지었다.

"강옥화 할머니는 정정하셨소. 게다가 어찌나 올바르고 고우시던지 내가 다 반할 정도였다오."

청강호는 술잔을 단숨에 비우고 말을 이었다.

"할머니와 작은아버지는 내가 한 말을 다 듣고는 탈북하기로 결정을 내렸소."

정필은 환한 표정을 지었다.

"애썼습니다."

"그래서 계획한 대로 이번 달 15일 밤 10시에 회령에서 두만강을 건너기로 했소."

청강호는 처음에 정필과 얘기했던 대로 할머니 강옥화와 작은아버지 가족이 12월 15일 밤 10시에 두만강을 건너도록 조치를 취했다고 한다.

정필은 은애 엄마 일로 마음이 답답하던 터라서 몇 잔 연거푸 술을 마신 후에 굳은 얼굴로 말했다.

"그 계획은 취소해야 할 것 같습니다."

"무슨 일이 있소?"

정필은 회령에서 두만강 상류 15㎞ 거리에 있는 유선군에서 두만강을 건너던 일가족과 브로커까지 8명이 북한 국경수비대 총격으로 무더기 사살됐다는 얘기를 해주었다.

그 일은 김낙현에게 들은 정필만 알고 있었던 내용이라서 김길우와 이연화, 혜주 모녀, 청강호 모두 크게 놀라 한동안 말을 잃었다.

"그렇게 위험하다면 국경 수비가 풀릴 때까지 도강을 늦춰야 할 것 같소."

강옥화 가족과 꽤 친해진 청강호는 그들의 안위가 염려되어 계획을 늦추자고 제안했다.

"선생님이 한 번 더 회령에 가주셔야겠습니다."

"가는 거야 어렵지 않소. 내가 뭘 하면 되오?"

"할머니 가족이 통행증을 발급받도록 해서 도강 전날 무산으로 이동시키십시오."

"무산이오? 그리 가면 무슨 방법이 있소?"

"무산 두만강 국경수비대 초소장을 압니다. 청 선생님이 그

를 만나서 내 말을 전해주면 할머니 가족을 무사히 도강시켜
줄 겁니다."

청강호는 고개를 크게 끄떡였다.

"통행증을 발급받는 거이야 어렵지 없소. 그리고 국경수비
대 초소장을 안다면 도강하는 거야 문제가 없을 거이오."

청강호는 생각을 정리하고 나서 말했다.

"일단 내가 북조선으로 들어가서 무산 초소장부터 먼저 만
나야갔소. 초소장이 도강을 확실하게 보장해야만 할머니 가
족을 무산으로 이동시킬 수가 있소."

그의 말이 옳다.

"그런데 그 친구 이름이 뭐이오?"

"양석철입니다."

"그 친구 줄 선물을 하나 갖고 가야겠소."

정필은 거기까진 생각하지 못했다.

"북조선 특히 군인들 사이에선 오토바이 타고 다니는 게 최
고의 호사요. 오토바이 한 대 안겨주면 그 친구 일개 사단이
라도 도강시켜 줄 것이오."

정필은 할머니 가족 일이 잘 풀릴 것 같아서 기분이 좀 풀
어졌다.

그는 식사를 하면서도 양쪽에 앉은 한유선과 혜주에게 각
별히 신경을 썼다. 그녀들은 소파와 정필에게 몸을 기대고 두

다리를 쭉 뻗은 자세로 곧잘 젓가락질을 하며 이것저것 먹었다.

한유선이 팔꿈치로 정필의 옆구리를 쿡쿡 찔렀다.

정필이 쳐다보니까 한유선은 정필이 손에 쥐고 있는 찰랑거리는 술잔을 바라보면서 입술을 쭝긋거렸다. 자기도 마시고 싶다는 뜻이다.

하긴 그녀도 어른인데 다들 주거니 받거니 술 마시는 광경을 지켜보고는 회가 동했을 것이다.

이제 몸도 어느 정도 나았으니까 술을 마셔도 괜찮을 것이라는 게 정필의 생각이다.

정필은 부지런히 한유선과 혜주 밥그릇에 맛있는 반찬과 요리를 얹어주는 이연화더러 잔을 갖고 오라고 시키기가 뭐해서 그냥 자신이 마시려던 술잔을 한유선 앞에 내려놓았다.

"오라바이, 내래 취하는 거 같습다……."

정필이 35도짜리 고려촌술을 벌써 10잔 가까이 마신 터라서 은애는 혀가 꼬였다.

"후아… 입에서 불이 납다……."

정필이 준 술잔을 단숨에 입속에 쏟아부운 한유선이 손을 부채 삼아 입에 대고 부쳐댔다.

"속이 뜨끈뜨끈한 거이 아주 좋습다……! 하하!"

정필은 그녀가 유쾌하게 웃는 모습을 보고 거실로 데리고 나오길 잘했다는 생각이 들었다.

한 시간 정도가 지나서 식사가 끝나고 이연화가 상을 치우고 나서 다시 술상을 차려 왔다.

이때쯤 정필을 비롯한 모두들 거나하게 술이 취한 상태가 되었다. 물론 술을 한 방울도 마시지 않은 혜주만 정신이 말짱했다.

은애는 아까부터 아무 말도 움직임도 없지만 정필은 그녀가 많이 취했을 거라는 생각에 잠자코 있었다.

"아빠, 술 조금 잡수세요."

혜주가 걱정스럽게 바라보자 정필은 빙그레 웃었다.

"하하! 내 걱정 해주는 사람은 우리 딸밖에 없구나."

혜주는 생긋 미소 지었다.

"제 걱정 해주는 사람도 아빠밖에 없습다."

"혜주야, 나도 네 걱정 한다이?"

한유선이 벌써 혀가 꼬이는 발음으로 항의하자 혜주는 방그레 웃었다.

"아빠가 최고고 그 담이 아매임다."

"그래. 그건 혜주 말이 맞다."

한유선은 생글생글 웃으면서 또 한 잔을 마셨다.

삐삐삐삐……

그런데 그때 정필의 허리띠에 차고 있는 삐삐, 즉 무선호출기가 울렸다.

무선호출기 작은 창에 뜬 번호를 보니까 김낙현이라서 급히 전화를 했다.

"김낙현 씨."

—아! 정필 씨. 지금 통화 가능합니까?

"괜찮습니다. 무슨 일입니까?"

—내가 배를 좀 알아봤습니다.

"그렇습니까?"

정필은 흑하를 다녀온 후에 김길우하고 배를 구하러 갈 계획이었는데 김낙현이 그 일을 대신 해주었다니까 크게 안심하고 또 그가 몹시 고마웠다.

—어선인데 30톤에 선령(船齡) 13년입니다. 공해상까지 나가려면 작은 배로는 어림도 없습니다.

"30톤이면 어느 정도 크기인지 감이 안 잡힙니다."

—길이 23.5m, 폭 5.7m인데 철선입니다. 목선은 약해서 난바다에 나가 큰 파도를 얻어맞으면 부서진다는군요. 정원은 25명인데 그쪽 전문가 말로는 40명까지 너끈히 태울 수 있다고 합니다.

"좋군요."

—팩스 보냈으니까 한번 보십시오. 그런데 정필 씨 배를 이

번 한 번만 이용할 겁니까?

"아닙니다. 이번 일이 잘되면 계속 써야지요. 그래서 배를 살 생각입니다."

—그런데 13년 된 배치고는 가격이 좀 셉니다.

"얼마입니까?"

—60만 위안 달라고 합니다.

"비싼 겁니까?"

—전문가 말로는 적당한 가격인데 배가 워낙 커서 가격이 센 거랍니다.

"그럼 사겠습니다."

좀 취했지만 정필의 머리가 빠르게 돌아갔다.

"그런데 배를 움직일 사람이 필요합니다. 이거 염치없이 부탁만 하는군요."

김낙현이 껄껄 웃었다.

—그럴 줄 알고 믿을 만한 사람으로 3명쯤 구해 달라고 말해놨습니다.

"아아… 다행입니다. 고맙습니다."

정필이 전화를 끊으니까 사람들이 초조한 표정으로 그를 빤히 주시하고 있었다.

그는 빙그레 웃으면서 엄지손가락을 치켜세웠다.

"배는 해결됐습니다."

"와아!"

"꺄아! 참말 잘됐슴다!"

다들 와르르 박수를 치면서 환호성을 질렀다.

정필이 김길우에게 말했다.

"내일 아침에 공민증 전문가에게 갔다가 혹하로 갑시다."

눈치 빠른 김길우가 한유선과 혜주를 쳐다보았다.

"이 두 사람 공민증 만들 겁니까?"

"그래야겠습니다."

자신들에게 중국 공민증을 만들어준다는 말에 한유선과 혜주는 기쁜 얼굴로 살짝 정필에게 안겼다.

김길우가 염려스러운 표정을 지었다.

"아직 얼굴에 멍이 있는데 사진이 나오갔슴까?"

"하룻밤 지나면 조금 더 나아질 테니까 내일 아침에 내가 사진을 찍겠습니다."

청강호가 궁금한 얼굴로 물었다.

"배 얘기는 뭐이오?"

김길우가 그 얘기를 청강호에게 해도 되느냐는 듯 쳐다보자 정필이 고개를 끄떡이며 말했다.

"배로 탈북자들 데리고 대한민국에 들어갈 겁니다."

"오오······."

청강호는 너무 놀라서 상체가 뒤로 젖혀지는 것을 김길우가 얼른 붙잡았다.

"이런… 설마 최 선생이 그런 훌륭한 일을 하고 있을 줄은 몰랐소……!"

정필은 씁쓸한 표정을 지었다.

"자랑할 일이 아닙니다. 그리고 내가 탈북자들을 다 구할 수도 없습니다."

문득 그는 김낙현에게 들은 어떤 말이 생각났다.

"어떤 전문가에게 들은 얘긴데… 탈북자들의 90%가 젊은 여자고 그중에 70%가 중국의 유흥업소에 들어가거나 인신매매를 당한다고 합니다."

"그렇게나……."

청강호가 억눌린 듯한 신음 소리를 냈을 뿐 모두들 너무 놀라서 입도 벙긋하지 못했다.

"과연 내가 그 여자 중에 몇 명이나 구할 수 있을 것 같습니까? 빙산의 일각일 뿐입니다."

무거운 침묵이 이어졌고, 갑자기 한유선이 정필에게 안기면서 울음을 터뜨렸다.

"으흐흑! 저는 운이 좋은 거임다……! 여보… 당신 아니었으면 저하고 혜주는 그 늑대 같은 놈들한테 무슨 짓을 당했을지 생각만 해도 끔찍함다… 온갖 고생은 다 하다가 나중에는 끔찍하게 죽었을 거임다… 으흐흑……!"

이미 많이 취한 한유선이 서럽게 울자 혜주도 울면서 정필에게 안겼다.

"아! 내가 깜빡 잊고 있었소!"

그때 청강호가 갑자기 손바닥으로 제 이마를 쳤다.

"강옥화 할머니하고 가족들이 최 선생에게 편지를 보낸 게 있소."

청강호는 갖고 온 큼직한 가죽 가방에서 비디오카메라를 꺼내 거실의 대형 TV에 연결하고 기계를 조작했다.

비디오카메라를 보는 순간 청강호가 할머니 가족을 촬영해 왔을 것이라고 짐작한 정필은 몹시 긴장하여 TV를 뚫어지게 주시했다.

그런데 캄캄한 화면에는 아무것도 나오지 않더니 잠시 후에 무슨 말소리가 들렸다.

―이보시오. 이제 말을 하면 되는 것이오?

굵직한 저음의 함북 사투리의 남자 목소리다.

그러고는 갑자기 확! 하고 밝아지더니 남녀 5명의 모습이 화면에 가득 나타나자 청강호가 설명했다.

"정전이라 방 안이 너무 어두워서리 내가 손전등을 비춘 거이오."

TV 화면을 뚫어지게 주시하는 정필의 귀에는 청강호의 말이 들리지 않았다.

화면의 한가운데는 허름하지만 말쑥한 한복을 입은 눈꽃처럼 흰 머리카락의 노파가 한쪽 무릎을 세우고 단정한 자세로 앉았으며, 양쪽에는 젊은 소년과 처녀가, 그리고 세 사람 뒤에 중년의 부부가 앉았는데 앞사람 때문에 보이지 않을까 봐 무릎을 꿇고 상체를 꼿꼿하게 세운 모습이다.

　"가운데가 강옥화 할머니요."

　청강호가 설명하지 않아도 정필은 할머니를, 아니, 작은아버지 부부와 사촌형제들까지 한눈에 알아보았다.

　―말씀하시기요, 할마이.

　TV 화면에는 보이지 않는 청강호의 목소리가 흘러나왔다.

　―정필아…….

　강옥화가 떨리는 목소리로 카메라를 보면서 말했고, 그녀의 모습이 끌어당기듯이 줌업됐다.

　―정필아, 내 할마이다. 너래 한 번도 할마이를 본 적이 없는데 내를 알아보겠니야?

　눈도 깜빡이지 않고 강옥화를 주시하는 정필의 눈에서 후드득 굵은 눈물이 떨어졌다.

　정필은 벌떡 일어서더니 상 너머로 나가서 TV 화면의 강옥화를 향해 공손히 큰절을 올렸다.

　"할머니… 손자 정필입니다."

"으흐응… 흑흑흑!"

"으앙!"

"어이구…….."

뒤에서 한유선과 혜주, 이연화가 울음을 터뜨렸고, 김길우와 청강호는 눈물을 뚝뚝 흘렸다.

정필은 고개를 들고 단정히 무릎을 꿇은 자세로 TV 화면을 바라보았다.

―정필아… 니가 연길에 와 있다이… 니가 사람을 보내서리 할마이하고 작은아버지 식구를 찾다이… 내는 이거이 꿈인지 생시인지 분간이 서지 않는다이…….

줌업한 강옥화는 소나기처럼 눈물을 흘리면서 마치 눈앞에 정필이 있는 듯, 그래서 그 정필을 만지려는 듯이 손을 뻗으며 흐느꼈다.

―정필아… 내래 살아생전에 우리 집 장손을 다 보고… 어흐흑! 우리 나그네하고 큰아들 태현이를 만날 수 있다이… 정필아… 니가 정말로 장하다이……. 보고 싶구마이… 우리 손자 정필아… 으흐흑!

강옥화는 흐느껴 우느라 더 말을 잇지 못했다.

―정필아, 내는 작은아버지 최태호다. 그리고 이 사람이 작은어마이 선승연이다이.

화면이 갑자기 멀어지면서 5명 전체를 잡았고, 뒤쪽의 작은

아버지 최태호가 눈물을 뚝뚝 흘리면서 말했다.

　—형님이 정말 아들을 훌륭하게 잘 키웠구나… 정필이 니 덕분에 우리 가족이 이 지옥 같은 땅에서 벗어나게 되다이… 그런 일은 꿈도 못 꾸고 생각도 앙이 해봤다이……

　정필은 아버지하고 많이 닮은 작은아버지 최태호가 더 말을 잇지 못하고 손을 내젓는 모습을 보면서 가슴이 미어지는 것 같았다.

　—오라바이……

　앞줄 강옥화 왼쪽 하얀 얼굴의 사촌 여동생 연희가 얼굴을 온통 눈물로 적시면서 정필을 불렀다.

　—저는 사촌 동생 최연희다. 올해 20살임다. 오라바이가 보내주신 식량 아니었으면… 우리는 며칠 견디지 못하고 다 굶어 죽었을 거임다… 오라바이가 우리를 살렸슴다.

　강옥화는 사촌 남동생 정토의 품에 안겨서 나직이 흐느끼고 있다.

　—오라바이가 보내신 청강호 선생님의 말씀대로 우리는 15일 밤 10시에 두만강을 건널 거임다. 저한테도 오라바이가 있다니 너무 보고 싶슴다. 한시바삐 오라바이를 만나서리 펑펑 울고 싶슴다……

　연희를 이어서 강옥화를 안은 정토가 변성기 목소리로 인사를 했다.

작은어머니 선승연은 우느라 끝내 아무 말도 못 했고, 마지막으로 강옥화가 여전히 울면서 당부했다.

　―정필아… 우리 이자 곧 만날 때까지 어디 아프지 말아야한다이…….

플래시가 꺼지고 북녘 할머니 가족의 모습이 사라졌는데 TV 화면 속에서 누군가의 말소리가 들렸다.

　―근데 말임다, 정필 오라바이 결혼했슴까?

연희 목소리에 청강호의 대답이 이어졌다.

　―결혼 앙이 했다. 그런데 연희 너 정필이 보면 한눈에 반한다이.

　―우리 누나 함경남북도에서 제일 예쁘다고 도당책임비서가 직접 그랬슴다. 그래서리 5과에 뽑혔는데 아버지하고 할마이가 절대로 보내지 못한다고 그랬슴다.

정토가 의기양양하게 말하는 소리와 연희의 말이 마지막으로 이어졌다.

　―어림없는 소리 말기요. 우리 누나 보면 정필 형님이 반할거임다."

　―정토야, 너 글지 마라우. 이자 고만하라이.

TV 화면이 캄캄해졌지만 정필은 시선을 떼지 못하고 눈물을 흘리며 잠시 동안 가만히 앉아 있다가 손등으로 눈물을 닦고 일어나 제자리로 돌아와서 청강호에게 꾸벅 고개를 숙였다.

"청 선생님, 정말 고맙습니다."

"일없습다. 고맙기는 내가 더 고맙지요, 뭐."

정필이 정중하게 고개를 숙이자 청강호는 손을 내저었다.

"야아… 터터우 사촌 여동생 정말 예쁘드만요? 저는 혜주
가 제일 예쁜 줄 알았더니 사촌 여동생하고 우열을 가리기가
어렵갔습다."

혜주가 도도하게 턱을 치켜들었다.

"흥! 저도 5과에 뽑혔었습다."

정필이 혜주의 머리를 쓰다듬었다.

"5과가 뭐니?"

"중앙당조직지도부간부5과를 그냥 줄여서 5과라고 부름
다."

"그래? 거기 뽑히면 뭘 하는 거니?"

"춤과 노래를 익혀서 나중에 크면 장군님 시중을 들면서리
기쁘게 해줌다."

거나해진 청강호가 설명을 했다.

"말하자면 김정일을 기쁘게 해줄 미녀 부대 여자들을 뽑는
것이오. 우선은 북조선 전 지역에서 인민학교에 다니는 9살에
서 10살 사이의 어린 예쁜 여자아이들을 선발하오. 미리 점찍
어두는 것이오."

그는 경멸하는 투로 설명을 이었다.

"토대, 즉 신분을 제일 먼저 보오. 아무리 체격 조건이 좋고 예뻐도 집안 내력이나 바탕이 좋지 않이 하면 탈락되오. 그렇게 선발된 여자아이들의 성장 과정을 계속 지켜보면서 기록하는데 그 아이들을 '5과 대상'이라 부르고 15살이 되면 정식으로 선발하여 평양으로 보내서 본격적으로 교육을 시키는데 그런 일을 하는 곳이 중앙당 5과요."

정필은 어이없는 표정을 지었다.

"왕을 시중들 궁녀를 뽑는 것이군요?"

"그렇소. 격무에 지친 김정일의 심신을 달래줄 아름다운 여자들을 뽑는 게요. 전국에서 뽑힌 15살짜리 여자아이들을 그때부터 중앙당 5과에서 본격적으로 춤과 노래 등 여러 가지를 가르쳐서 18살이 되면 각 부서에 배치시키는 것이오. 제일 예쁜 여자들이 김정일 주위에 배치되고 나머지는 악단이나 타자수, 비서, 김정일 개인 병원인 만수무강연구소 간호원으로 발령이 되오."

정필은 기분이 씁쓸해져서 묵묵히 술을 마시고, 한유선은 그의 잔을 자기 것인 양 마셔댔다.

청강호가 돌아가고 난 후에도 정필과 김길우는 술을 더 마시다가 11시가 넘어서야 술자리가 끝났다.

몹시 취한 한유선은 이미 뻗어서 소파에 길게 누워 있고, 정필이 그녀를 안으려고 일어섰는데 그도 취해서 몹시 휘청거렸다.

오늘 밤에는 이런저런 일 때문에 과음을 해서 술이 센 편인 정필도 너무 취해서 몸을 가누기 어려웠다. 그가 이 정도로 만취한 것은 손가락으로 꼽을 정도다.

"터터우, 잘 주무시기요."

이연화도 꽤 취했지만 아예 퍼질러 앉아 있는 김길우보다는 덜해서 남편을 부축해서 안방으로 들어가며 정필에게 인사를 했다.

정필은 한유선을 안고 방으로 가는데 똑바로 걷지 못하고 비틀거리면서 벽에 쿵쿵 부딪쳤다.

"아빠, 괜찮습까?"

혜주가 두 팔로 그의 허리를 꼭 붙잡고 부축하면서 걱정스러운 표정을 지었다.

"하하… 나는 괜찮다."

정필은 침대에 한유선을 눕히고 나서 그 옆에 털썩 주저앉았다.

"아빠, 약 발라야 하는데……."

혜주가 정필의 눈치를 살피면서 말끝을 흐렸다.

"아… 그래, 약 바르자."

정필은 여러 번 자다 깨다를 반복했다. 만취한 상태에서 머리가 어지럽고 속이 메스꺼웠으며 이것저것 잡탕 같은 꿈들을 꾸었다.

정필이 두만강 이쪽에서 지켜보는 가운데 할머니 가족이 도강하다가 얼음이 깨지고 또 국경수비대의 총격을 받는 흉한 꿈을 꾸었다.

그뿐 아니라 생전 보지도 못한 은애 엄마를 구하느라 그 마을의 남자들과 패싸움을 벌이는 꿈도 꾸었다.

그리고 어떤 늘씬한 여자하고 섹스를 하는 꿈도 꾸었다. 여하튼 밤새 잡동사니 꿈에 시달리느라 아침에 눈을 떴는데도 눈이 무거웠고 머리가 깨질 것처럼 아팠다.

정필은 똑바로 누워서 깼는데 양쪽에서 벌거벗은 한유선과 혜주가 껌처럼 자신에게 달라붙어서 안겨 있는 모습을 발견했다.

그는 모녀를 조심스럽게 떼어내고 씻기 위해서 침대에서 내려오다가 움찔 놀랐다.

그는 항상 팬티만 입고 자는데 지금은 어떻게 된 일인지 팬티조차 입지 않은 알몸이었다.

그렇지만 아무것도 기억이 나지 않았다. 거실에서 술을 마시던 기억만 어렴풋이 날 뿐이다.

정필이 볼일을 보고 나서 씻고 욕실을 나오는데 혜주가 일어나서 침대에 앉아 있다가 그를 보고 배시시 웃었다.

"헤헤, 아빠. 고추."

"어……."

정필의 남성은 아침에는 늘 그렇듯이 커져서 혜주 팔뚝만한 것이 걸을 때마다 덜렁거렸다.

정필이 벙긋 웃으면서 침대로 와서 이불을 들춰 팬티를 찾으려는데 벌거벗은 혜주가 화장실에 가려는지 침대에서 내려오다가 신음 소리를 내며 주저앉았다.

"으응……."

정필이 얼른 안으니까 혜주는 그와 마주 보고 두 팔로 목을 감으면서 안겼다.

"아빠, 똥 마렵습니다."

정필은 손으로 혜주의 궁둥이를 떠받쳐서 안고는 물었다.

"어젯밤에 약 발랐니?"

"네. 제가 발라달라고 해서……."

"기억이 안 난다. 내가 많이 취했었구나."

정필이 팬티를 찾아서 입으려고 혜주를 침대에 내려놓으려고 하자 그녀는 몸을 들썩거렸다.

"아빠, 저 똥 많이 마렵습니다. 싸겠습니다."

정필이 급히 변기에 앉혀주자 혜주가 그의 두 손을 잡고 볼일을 보느라 얼굴이 빨개지도록 힘을 주면서도 그를 올려다보며 방그레 웃었다.

"응응… 아빠 취하니까 재미있었슴다."

"뭐가?"

"기억 안 남까?"

정필은 씁쓸하게 웃었다.

"그래."

혜주는 묘한 미소를 짓더니 얼굴 앞에 있는 정필의 남성을 보고 눈을 동그랗게 떴다.

"아빠 거 엄청 큼다."

"인석이……."

"헤헤……."

혜주는 혀를 내밀고 웃다가 얼굴을 찌푸리며 손으로 아랫배를 지그시 눌렀다.

"아빠, 저 달거리함다."

"응?"

"생리임다. 방에서 지사기, 앙이, 생리대 좀 갯다주기요."

정필이 혜주를 도와서 생리대를 채운 팬티를 입히고 그녀를 안아 들자 변기 안이 온통 시뻘겋게 피가 가득했다.

"생리하는 거 보이 저 임신 앙이 했나 봄다."

정필은 혜주를 침대에 눕히고 나서 머리를 쓰다듬었다.

"다행이다."

정필이 팬티를 찾아서 입은 후에 반듯하게 누워 있는 혜주의 몸을 두루 살펴보니까 이제 푸르스름한 멍만 남아 있어서 거의 나았다고 볼 수 있었다.

정필은 혜주 모녀의 증명사진을 찍기 위해서 그녀들에게 옷을 입히고 침대에 앉게 했다.

"아아… 내래 죽갔어……."

지독한 숙취 때문에 한유선은 잠시 동안도 똑바로 앉아 있지 못하고 자꾸만 옆으로 픽픽 쓰러져서 정필이 몇 번이나 일으켜야만 했다. 그녀는 어젯밤에 마신 술이 아직도 깨지 않은 상태다.

"어마이, 조금만 참으면 됩다. 눈 뜨기요."

혜주는 자신의 사진을 찍고 나서 한유선 뒤에 엎드려 그녀의 몸을 받쳐주었다.

"아빠, 저 보임까?"

"됐다. 찍었다."

정필은 혜주 덕분에 간신히 한유선의 사진을 찍었다.

그는 한유선을 침대에 눕히고 이불을 잘 덮어주고 나서 머리를 쓰다듬었다.

"다녀오겠습니다."

"으음… 여보… 조심하기요……."

한유선은 눈을 감고 몸을 뒤챘다.

혜주가 침대에 앉아서 안아달라고 두 팔을 내밀었다.

정필이 가볍게 안으니까 혜주는 그의 귀에 속삭였다.

"아빠, 조심해서 다녀오세요."

정필은 혜주의 궁둥이를 두드렸다.

"그래. 엄마 잘 부탁한다."

쪽—

혜주가 정필에게 살짝 입맞춤을 해주었다.

"사랑해요, 아빠."

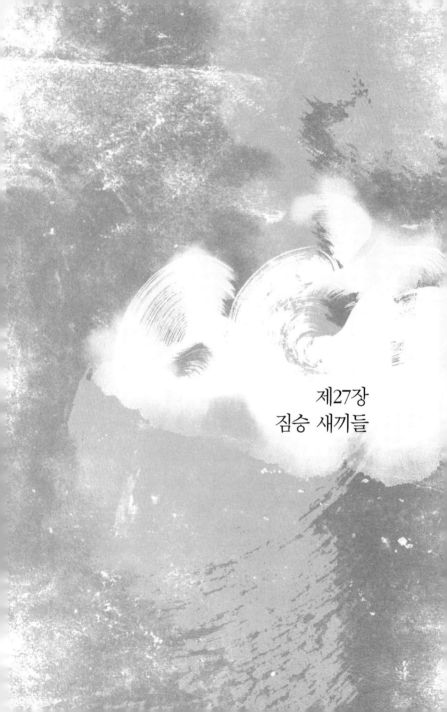

제27장
짐승 새끼들

어쩌다 보니까 출발 시간이 아침 10시로 늦어졌다.

공민증 전문가에게 들러서 혜주 모녀 사진을 전해주기도 했지만 어젯밤에 많이 마신 터라 정필과 김길우 둘 다 늦잠을 자고 또 꼼지락거리기도 했다.

"길우 씨, 영실 누님 아파트에 먼저 갔다가 연길 공안국에 들릅시다."

"알갔슴다."

정필은 이왕 늦은 김에 연길 공안국장에게 랜드로버 디스커버리를 주고 갈 생각이다.

김길우가 디스커버리를 몰고 앞장서 달리고 레인지로버를 운전하는 정필이 뒤따랐다.

은주를 데리러 영실네 아파트로 가는 도중에 정필은 몸속에 있는 은애를 계속 불러봤으나 여전히 대답이 없고 미약한 신음 소리만 들렸다.

아까 김길우네 집에서도 몇 번 은애를 불렀는데 통 대답도 기척도 없었다.

정필이 만취를 해서 인사불성이 됐을 정도니까 술을 못 마시는 은애는 아예 기절을 했을 것이다.

그렇지만 지금은 정필이 은애를 위해서 해줄 수 있는 일이 없는 것 같다.

다만 은애가 가끔 신음 소리를 내는 것으로 봐서는 아직 그의 몸속에 있고 또 별다른 일이 없는 것 같아서 다른 걱정은 하지 않기로 했다.

미리 전화를 해두었기 때문에 새로 산 물 빠진 스키니진과 빨간 파카 차림에 머리를 틀어 올리고 지난번 정필이 사준 선글라스를 낀 은주는 큰길 도로가에 나와서 기다리고 있다가 정필의 레인지로버에 탔다.

"오라바이!"

엄마에 대해서 아직 모르고 있는 은주는 조수석에 타자마자 정필에게 안기면서 뺨에 뽀뽀를 했다.

"우리 어디 가는 거예요?"

"엄마한테 갈 거야."

은주는 너무 놀라 정필에게서 떨어졌다.

"아매 찾았슴까?"

TV에서 보고 들었던 서울말을 흉내 내던 은주가 다시 함북 사투리를 되찾았다.

"그래."

정필은 연길 공안국으로 가는 동안 엄마 김금화의 현재 사정에 대해서 설명을 해주었다.

"으흐흑……."

얘기를 듣고 난 은주는 와락 두 손으로 얼굴을 가리고 울음을 터뜨렸다.

"어쩌 그런 일이 있을 수 있슴까? 아매가 중국 남자의 아이를 배다니……."

그때부터 은주는 아무 말도 하지 않고 계속 울기만 했다.

정필이 흑하에 은주를 데리고 가기로 결정한 것은 김금화가 오지 않겠다고 고집을 부리고 있기 때문이다.

그렇지 않아도 흑하의 남편 아닌 남편이 그녀를 놔주지 않겠다고 버티는 판국에 김금화까지 고집을 부린다면 그야말로 엎친 데 덮친 격이다.

김금화가 오지 않겠다고 하는 이유가 자신이 임신을 했기 때문에 염치가 없어서 자포자기하는 것으로 판단한 정필은 은주를 데려가서 김금화를 설득할 생각이다.

딸을 눈으로 직접 보면 그녀의 마음이 바뀔 것이라고 믿었다.

연길 공안국장 장취방(張翅勝)은 정필의 난데없는 자동차, 그것도 최고급 랜드로버 디스커버리 선물에 너무 기뻐서 쉴 새 없이 '혼하오(너무 좋다)'를 연발했다.

김길우가 정필의 말을 장취방에게 통역했다.

"지난번에 큰 도움을 받았고 또 앞으로 연길에서 중고 자동차 사업을 하려는데 많은 협조를 바랍니다."

정필은 할 말만 했는데 김길우가 거기에 이것저것 덧붙여서 길고 장황하게 통역을 했다.

장취방은 연길 공안국 넓은 마당 안에서 디스커버리를 이리저리 거칠게 웅웅거리며 몰아보고 나서 내리더니 입이 찢어질 것처럼 좋아하며 정필의 두 손을 덥석 잡고 큰 소리로 뭐라고 떠들었다.

김길우가 환하게 웃으며 통역했다.

"터터우 일이라면 앞으로 무슨 일이든지 적극적으로 돕겠다고 함다."

김길우는 연길 공안국장 장취방에게 직접 부탁하여 레인지로버 차량 등록을 마치고 번호판을 일사천리 발급받은 후에 차에 달고는 흑하를 향해 출발했다.

레인지로버가 연길시를 벗어나 길게 뻗은 시골 2차선으로 접어들자 정필은 등받이를 뒤로 눕히고 비스듬히 누웠다.

"이따가 교대합시다."

"염려 마시고 한숨 푹 주무시기요."

정필이 한숨 자려고 눈을 감으려는데 은애가 끙끙 앓는 소리를 했다.

"아아… 오라바이. 내 좀 빼주기요. 죽갔습다……"

정필은 김길우에게 차를 세우게 하고 도로변 밭에 대고 소변을 보고 나서 가로수에 두 팔을 대고 푸시업을 하여 은애를 몸에서 빼주었다.

"우야야……"

갑자기 몸에서 나온 은애가 균형을 잡지 못하고 앞으로 고꾸라지려고 해서 정필이 급히 부축했다.

"아아… 이제 살 거 같습다."

정필 품에서 은애는 할딱거리면서 말했다. 그녀는 정필의 몸에서 벗어나는 순간 숙취가 씻은 듯이 사라져 버렸다. 그런 사실을 정필도 은애도 모르고 있었다.

척!

"오라바이, 뒤에 타기요."

은주가 뒷문을 열어주었다.

정필이 뒷문을 열고 조금 지체하면서 자연스럽게 은애를 먼저 태우자 은애는 은주를 통과하여 뒷자리 왼쪽에 앉았고, 은주가 가운데 정필이 오른쪽에 앉았다.

"오라바이, 아매 데리러 가는 거이 정말 고맙슴다."

은주는 정필의 팔에 매달려 그의 어깨에 뺨을 비볐다.

"제가 어디 팔려 가서리 중국 남자 아이를 낳아 살고 있다믄 아바이가 저를 버린다는 거이 상상이나 하갔슴까?"

"아버지를 원망하면 안 된다."

정필은 조석근의 결정을 이해하지 못하지만 그래도 부녀지간에 감정의 골이 생기는 것을 원하지 않았기에 은주의 머리를 쓰다듬으며 위로했다.

"으흐흑! 가족을 버리는 아바이는 더 이상 아바이가 아님다. 남편이 아내를 버리는 거인데 그게 어디 남편임까? 그런 남편을 믿고 이제껏 몸이 가루가 되도록 고생만 하면서리 살아온 아매가 불쌍함다! 어흐흑……!"

정필은 더는 조석근을 두둔하지 못했다. 두둔하고 싶지도 않았고 두둔할 건더기도 없었다. 그 역시 은주만큼 조석근이 원망스럽기 때문이다.

만약 조석근이 김금화를 기쁘게 흔쾌히 맞아들이기로 결정을 했다면 흑하로 가고 있는 정필 등의 마음이 얼마나 홀가분하겠는가.

은애는 정필에게 안겨서 흐느껴 우는 은주를 보면서 목 놓아서 울었고 그녀의 울음소리는 정필에게만 들렸다.

"으흐흑… 은애 언니야는 어디에서 뭘 하는지… 죽었는지 살았는지……."

은주가 넋두리처럼 흐느끼자 은애는 더 서럽게 흐느꼈고, 김길우는 놀라는 얼굴로 은주를 돌아보았다.

김길우는 은애가 두만강을 건너다가 브로커 박종태에게 목이 졸려서 죽어 시체가 두만강에 버려졌으며, 정필이 박종태를 죽여서 시체를 두만강에 버려 똑같이 복수를 했다는 사실을 정필에게 들어서 알고 있다.

김길우는 은주가 언니 은애의 비참한 죽음에 대해서 모르고 있다는 생각에 마음이 짠해졌다.

정필은 수첩을 펼쳐서 읽고 있고 은주는 그의 팔을 꼭 잡은 채 어깨에 기대서 같이 수첩을 들여다보고 있다.

그 수첩은 정필이 죽인 박종태의 차 아우디의 대시보드 안에 있던 것으로, 박종태 일당이 그동안 인신매매로 팔아넘긴 북한 여자들과 그녀들을 돈 주고 산 중국인, 그리고 그들이 살고 있는 지명 등이 한글과 한문이 뒤섞여서 빼곡하게 적혀 있다.

그 수첩을 손에 넣고 나서 틈나면 읽어봐야지 하면서도 여러 가지 일이 너무 바쁘게 돌아가는 통에 이제야 차분하게 읽게 되었다.

그런데 수첩에 적힌 인원이 무려 백여 명에 달했으며, 탈북녀들을 연길과 장춘, 길림, 심양 등지의 룸살롱이나 창녀촌에 팔기도 했지만 70% 정도는 시골의 중국 남자들에게 팔려 나간 기록이었다.

정필은 연길에서 흑하까지 갔다가 오는 동안 구해낼 수 있는 북한 여자가 있다면 구할 생각이다. 그래서 연길에서 흑하까지 가는 길에서 그리 멀지 않은 지역으로 팔려 간 북한 여자가 있는지 찾아보고 있는 중이다.

팔락······.

정필은 수첩을 넘기고 위에서부터 한 줄씩 꼼꼼하게 읽어 내려갔다.

지금까지 3쪽쯤 살펴봤는데 흑하까지 가는 도로에서 100㎞ 이내의 북한 여자는 없었다.

큰 목적은 은애 엄마를 구하는 것이지만, 그러는 와중에 할 수만 있다면 수렁에 빠진 탈북녀를 한두 명 구하자는 취지라서 무리를 할 수는 없다.

그런데 정필은 길림성이나 흑룡강성의 지리를 잘 모르기 때문에 수첩과 지도를 동시에 보면서 확인하는 터라 진도가 몹시 더뎠다.

은애는 뒷자리 왼쪽 차창에 옆머리를 대고 말없이 바깥만 바라보고 있는 중이다.

엄마에 대해서 생각하면 은애 마음이 착잡할 것 같아서 정필도 그녀를 잠시 모른 체 내버려 두었다.

"오라바이, 여기⋯⋯."

정필이 수첩 위에서 두 번째 줄의 여자가 팔려 간 위치를 지도를 보면서 확인하고 있는데 같이 수첩을 들여다보던 은주가 수첩의 아래쪽 한 곳을 손가락으로 짚었다.

"양선미는 은애 언니야 친구예요."

"음?"

'양선미'라는 말에 정필은 귀가 번쩍 뜨여서 은주가 손가락으로 가리킨 부분으로 시선을 주었고, 은애도 깜짝 놀라서 은주 옆으로 바싹 다가와서 수첩을 들여다보았다.

"오라바이, 야 내 친구 선미 맞슴다. 여기가 어딤까?"

은애가 비명을 지르듯 외쳤다.

정필은 은애와 은주가 동시에 손가락으로 가리키고 있는 부분을 읽어보았다.

양선미, 23세, 5천 위안. 이명순, 45세, 3천 위안. 林口縣, 霜林村[임구현 상림촌]. 한족 42세, 亨凡. 48세, 亨在.

"선미가 분명합니까?"

"틀림없습다! 여길 보시오! 이 옆에 적힌 이명순이 선미 아매 이름임다!"

"그럼 선미와 엄마가 한 마을에 팔려 갔다는 겁니까?"

은주는 정필이 자기한테 말하는 줄 알았는데 존대를 하는 걸 보고 그게 아니라고 생각했다. 그런데 그는 마치 은주 옆에 다른 사람하고 대화하는 것 같았다.

"그런 거 같습다. 오라바이, 선미를 찾으러 가기요."

"우선 확인을 해야 할 것 같습니다."

이상하게 생각한 은주가 자신의 왼쪽 옆과 정필을 번갈아 쳐다보면서 의아한 얼굴로 물었다.

"오라바이, 지금 누구랑 얘기함까?"

"응? 아… 너하고 얘기하는 거잖아."

"그럼까? 저는 아무 말도 앙이 했는데……."

은주는 고개를 갸웃거렸지만 캐묻지는 않았다.

"길우 씨, 잠깐 차 세우고 여기가 어딘지 한번 보세요."

정필의 말에 김길우는 레인지로버를 도로가에 세우고 수첩을 받아 자세히 들여다보았다.

"여긴 흑룡강성 린커우씨엔 리우허춘이라는 곳입니다. 양선미와 이명순이 같이 리우허춘에 사는 형판, 형자이 형제에게 팔려 간 모양입니다."

정필은 어이없다는 표정을 지었다.

"모녀가 형제에게 팔려 갔다는 겁니까?"

"그렇습니다. 흔한 일은 아니지만 드문 경우도 아님다. 말하자면 모녀가 같은 형제의 마누라가 되어 결국 동서지간이 된 거임다."

"이런 개새끼들!"

정필의 얼굴이 보기 싫게 잔뜩 일그러지고 욕이 저절로 튀어나왔다.

선미 모녀를 산 중국인 형제는 분명히 그녀들이 모녀라는 사실을 알고 있었을 것이다.

그러면서도 형제가 모녀를 아내로 맞이해서 그녀들을 동서지간으로 만드는 절대로 일어나서는 안 되는 패륜을 저지른 것이다. 그건 개새끼가 아니라 개새끼만도 못한 버러지 같은 놈들이다.

"죽일 놈들……."

정필은 이런 일이 하늘 아래에 버젓이 존재한다는 사실을 오늘 처음 알고 치미는 분노를 참기 어려웠다.

"음! 사람 탈을 쓴 짐승 새끼들이로군."

그리고 그 천인공노할 패륜에 희생된 사람들이 같은 동포인 북한 여자, 그것도 양석철의 여동생과 엄마라는 사실에 가슴이 아팠다.

"여기가 어딥니까?"

"무단장시에서 150㎞쯤 더 가야 함다."

"무단장이······."

정필이 지도를 들여다보자 김길우가 설명했다.

"한자로는 목단강(牧丹江)이라고 나왔을 겁니다."

"아… 여기로군요."

정필은 지도를 손가락으로 짚으면서 천천히 북쪽으로 그어 올라갔다.

"흑하에 가려면 하얼빈을 지나야 하는데, 우린 목단강을 지 납니까? 아니면 길림, 장춘을 지납니까?"

연길에서 하얼빈까지는 직선 도로가 없다. 왼쪽으로 돌아 가면 장춘시를, 오른쪽으로 돌아가면 목단강시를 지나간다.

"길림과 장춘으로 가면 도로가 좋아서 목단강으로 돌아가 는 것보다 1시간 정도 빠를 겁니다."

"그래도 목단강으로 해서 린커우에 갑시다."

"알갔슴다."

잘하면 뜻하지 않게 선미 모녀를 한꺼번에 찾아내서 구할 수 있을지 모른다는 생각에 정필은 조금 흥분했다.

정필은 무산 두만강에서 은애가 죽었다는 말을 듣고 그 자리에 퍼질러 앉아서 울부짖던 순박한 양석철의 모습이 떠올랐다.

양석철에게 할머니 가족을 도강시켜 달라고 부탁하면 거절하지 않겠지만, 그래도 여동생 선미와 엄마를 구해주면 아주 좋은 선물이 될 것이다.

"터터우, 여기에서 린커우까진 약 500㎞쯤 되는데 도로가 좋지 않고 산길이라서 해지기 전에 도착하기는 어려울 것 같슴다."

린커우까지의 여정은 김길우가 예상했던 것 이상으로 훨씬 더 멀고 험했다.

정필 일행이 탄 레인지로버는 끝없이 펼쳐진 산길을 오르내리고 꼬불꼬불한 비포장도로를 먼지를 일으키면서 달린 끝에 밤 9시가 돼서야 린커우에 도착했다.

그런데 정필이 생각했던 것보다 린커우는 제법 큰 현이었다.

자세한 것은 알 수 없지만 우선 린커우현의 중심지는 꽤나 번화했으며, 고층까지는 아니더라도 5~6층의 건물이 도심에 즐비했고, 현을 관통해서 흐르고 있는 목단강의 지류 양옆으로는 2~3층짜리 소형 아파트와 공장, 주택들이 빼곡하게 늘어서 있었다.

정필 일행은 린커우현 중심가의 식당에서 늦은 저녁 식사를 하면서 최종 목적지인 리우허춘, 즉 육합촌에 대해서 식당 사람에게 물어보았다.

린커우현에서 육합촌까지는 60㎞ 거리이며 비포장도로 산길인데다 눈까지 쌓여 있어서 밤에 운전하는 것은 자살행위나 다름이 없을 정도로 위험하다고 한다.

그리고 육합촌은 헝(亨)씨 집성촌으로 약 40여 가구가 모여 있으며, 산비탈의 밭을 일구거나 산에서 나무와 약초 따위를 캐서 내다 파는 것을 주업으로 한다는 것이다.

정필 일행은 내일 아침 일찍 육합촌으로 출발하기로 하고 오늘은 현 내에서 자기로 했다.

마침 저녁 식사를 한 식당이 여관을 겸한 지우디엔(酒店), 즉 주점이라서 그 집에서 묵기로 했다.

정필과 은주, 그리고 김길우가 각각 방 하나씩을 얻어 들어가 공동 목욕탕에서 씻고 잠을 청했다.

은애는 저녁 식사를 할 때는 정필 몸속에 있다가 방에 들어와서는 그의 몸에서 나왔다.

침대는 중국식 전통 나무로 만든 침상으로 정필과 은애, 은주까지 세 사람이 누우니까 빠듯했다.

벽 쪽에 은주가 정필을 향해 옆으로 누웠고, 정필이 가운데, 은애가 바깥쪽에 역시 정필을 향해 옆으로 누워 있다.

"오라바이."

정필이 똑바로 누워서 잠을 청하려고 눈을 감고 있는데 은애가 속삭이듯이 그를 불렀다.

"응."

사실 그는 은애와 은주의 목소리가 똑같아서 방금 부른 사람이 누군지 알지 못하고 대답했다.

"아까 많이 생각해 봤는데 말임다."

그제야 정필은 그게 은애 목소리라는 걸 깨닫고 가만히 듣기만 했다.

"만약에 오라바이가 은주하고 결혼한다면 말임다. 저는 기냥 일케 살아도 될 것 같슴다."

그때 팬티와 브래지어만 입고 누웠던 은주가 이불 속에서 부스럭거리며 몸을 움직였다.

정필은 그게 도대체 무슨 소리냐는 듯 은애를 돌아보았다.

은애는 손을 뻗어 정필의 뺨을 쓰다듬으며 계속 말했다.

"저는 혼령아임까? 기니끼니 오라바이하고 결혼 못 한다 이 말임다. 길티만 오라바이는 은주를 좋아하고 또 은주는 오라바이 없으면 살지 못하니끼니 두 사람이 결혼하면 저는 지금처럼 오라바이 곁에서 같이 살고 싶슴다."

정필은 이렇게까지 말하는 은애의 심정이 오죽할까 싶은 생각에 속에서 뭔가 울컥했으나 대꾸하지는 않았다.

그렇지만 가만히 생각해 보니까 은애의 말이 옳기는 했다. 정필이 은주보다 은애를 더 사랑하는 것은 맞지만 혼령인 그녀하고 결혼을 할 수는 없는 일이다.

그러니까 은애는 자기가 말한 방식으로나마 정필과 함께 있고 싶은 것이다.

은애로서는 그렇게 하는 것이 사랑하는 정필을 생판 모르는 다른 여자에게 뺏기는 것보다 나은 방법이기도 하다.

"저는 오라바이의 아기도 낳지 못할 거이고… 결혼식도 올리지 못하고… 저하고 같이 살아도 사람들은 오라바이 혼자 사는 걸로 알 거임다. 기니끼니 저하고는 같이 살기만 할 뿐이지 결혼은 하지 못함다."

정필은 은애를 가만히 안아주었다.

그때 은주가 부스럭거리는 것을 끝내고 정필에게 안기면서 손으로 그의 가슴을 더듬었다.

"혜혜… 오라바이, 저 다 벗었슴다."

정필의 팔에 은주의 물컹한 유방이 느껴졌다.

은주는 입술로 정필의 입술을 비비고 손을 아래로 미끄러뜨려서 팬티 속으로 쑥 집어넣으며 뜨거운 입김을 토했다.

"하아… 오늘밤에 저를 오라바이한테 드릴 검다."

"은주야."

"아아… 오라바이는 저한테 하늘이고 절대적인 남편 같은 분이야요. 그런 분한테 저를 드리는 거이 당연함다. 저는 숫처녀임다. 그거이 오라바이에게 바치갔슴다."

은주는 조용하고 부끄러움이 많은 은애하고는 정반대로 능동적이고 저돌적인 성격이다. 너무 저돌적이라서 정필로서는 감당이 되지 않았다.

은주의 갑작스런 행동에 은애는 정필의 오른쪽에 붙어서 가만히 있었다.

"은주야, 그만해라."

정필은 자신의 입속에 혀를 밀어 넣고 있는 은주를 가만히 떠밀었다.

은주가 온몸으로 덤벼들고 깊은 애무를 하는 바람에 흥분이 고조되고 있지만 그가 생각하기에 이건 아니다. 은애가 옆에서 보고 있는데 그런 짓을 할 수는 없다.

"오라바이, 은주 하는 대로 내버려 두기요."

은애가 정필의 귀에 입술을 붙이고 조용히 속삭이는데 목소리가 가늘게 떨렸다.

"저는 괜찮슴다. 그리고 오라바이도 오래 참아서리 그 짓을 하고 싶으니끼니 가만히 계시라요."

은애가 속삭이는 동안 은주는 이불 속으로 들어가서 정필의 팬티를 벗기고는 몸 위로 올라왔다.

"하아아… 오라바이……"

은주는 상체를 세우고 정필을 받아들일 자세를 취했다.

"은주야."

정필이 급히 손을 뻗어 은주가 더 이상 진행하지 못하도록 제지했다.

"아아… 오라바이……"

그런데 은주가 갑자기 하체에 힘을 주자 정필은 움찔 놀랐다.

"아파……"

은주가 생애 최초로 느끼는 기이한 고통 때문에 동작을 멈추었을 때 정필이 급히 그녀를 옆으로 쓰러뜨렸다.

"그만!"

"아!"

은주는 깜짝 놀랐다.

"오라바이……"

"은주야, 다음에 하자. 오늘은 그냥 자자."

정필은 부드럽게 은주의 머리를 쓰다듬으면서 그녀의 입술을 비비며 속삭였다.

"오늘은 많이 피곤하니까 다음에 하자, 응?"

"흐응… 알았슴다."

"착하지, 우리 은주."

"고롬 오라바이 고추 만지면서 자겠슴다. 오라바이도 제 거 만지라요."

은주는 정필의 것을 붙잡고 나서 그의 손을 자신의 그곳에 대어주었다.

"알았다."

은애는 정필이 어째서 은주의 요구를 거절했는지 알 수 있을 것 같았다.

그는 은애가 있는 곳에서 동생하고 그런 짓을 할 수 없다고 생각한 것이 분명하다.

'착한 사람······.'

그런데 그때 정필의 손이 슬며시 은애의 그곳을 더듬었다.

정필의 가슴을 쓰다듬던 은애의 손이 젖꼭지를 비틀었다.

"욕심쟁이."

정필이 곱디고운 은애, 은주 자매를 양쪽에 끼고 동시에 그녀들의 은밀한 곳을 만지고 있으니 남자로서 그런 호사가 어디에 있겠나.

은애는 가슴을 쓰다듬던 손을 살며시 내려서 정필의 단단한 그것을 잡았다.

그곳에 은주의 손은 없고 은애의 손만 있었다.

정필 일행은 이른 아침에 식사를 끝내자마자 즉시 출발해서 2시간 반 만에 육합촌에 도착했다.

몇 개의 산을 굽이굽이 휘돌아서 도착한 육합촌은 사람의 발길이 거의 닿지 않는 깊은 산속의 맑은 개울이 졸졸 흐르는 계곡에 위치해 있었다.

정필 일행은 육합촌이 저만치 보이는 공터에 레인지로버를 주차해 놓고 걸어서 마을로 들어갔다.

차량 특히 레인지로버 같은 고급 외제 SUV는 눈에 잘 띄기 때문에 마을 사람들의 이목을 집중시킬 수가 있다.

그렇지만 정필과 은주, 김길우가 외부인이며 말쑥하게 차려입은 탓에 마을 사람들의 시선을 받기는 마찬가지다. 다만 레인지로버보다 조금 눈에 덜 띌 뿐이다.

정필은 가죽점퍼 안주머니에 cz—75가 들어 있으며 종아리에는 척사검을 차고 있다.

흑하까지 다녀오는 동안 무슨 일이 벌어질지 몰라서 준비한 것이다.

될 수 있으면 그런 무기를 사용하지 말아야겠지만 써야 할일이 생긴다면 주저하지 않을 생각이다.

아침 10시쯤인 현재 마을에는 사람의 모습이 한 명도 보이지 않았다.

한겨울에는 추수가 끝나서 밭일이 없고 산에는 눈이 수북하게 쌓였기 때문에 입산 자체가 불가능하다.

육합촌까지 오는 험한 비포장도로에는 눈이 몹시 쌓여서 차량이나 사람의 통행이 불가능하지만 SUV의 제왕인 레인지 로버에겐 평지나 다름이 없었다.

정필은 입구에서부터 집을 하나씩 차근차근 살피면서 점점 마을 안으로 진입했다.

영하 30도에 달하는 추운 한겨울이라서 사람들이 집 안에만 있는 탓에 이런 식으로는 어느 집에 선미 모녀가 있는지 찾아내기가 어려울 것 같았다.

중국 산골 마을의 집들은 담이나 문이 없으며 본채 마당 옆에 창고와 산처럼 쌓인 장작더미, 그리고 벽에 주렁주렁 옥수수 같은 것들이 매달려 있다.

컹컹컹! 웍웍웍!

"아앗!"

어느 집 마당에 풀어놓고 기르는 커다란 개 한 마리가 사납게 짖으면서 달려들자 정필 옆에서 걷던 은주가 기겁하며 그에게 더욱 바싹 달라붙었다.

크르르르…….

흰 이빨을 드러내고 당장에라도 달려들 것처럼 으르렁거리는 개를 향해 정필은 거침없이 손을 뻗더니 태연하게 머리를 쓰다듬었다.

그러자 개는 언제 그랬냐는 듯이 맹렬히 꼬리를 흔들면서 정필의 다리에 콧등을 비볐다.

개 짖는 소리에 개가 나온 집의 문이 열리더니 남루한 차림의 주름투성이 노파가 밖으로 나와 정필 일행에게 손짓을 하며 뭐라고 떠들었다.

그러자 김길우는 얼른 노파에게 뛰어가서 손에 10위안짜리 지폐를 쥐여주고는 뭔가를 물었다.

노파는 손에 쥔 10위안 지폐를 몇 번이나 들여다보면서 마을 안쪽을 가리켰다.

"알아냈슴다."

김길우가 눈에 푹푹 빠지면서 달려왔다.

"양선미와 이명순 모녀는 한집에 살고 있답니다."

"이 집임다."

김길우가 어느 집 앞에 멈춰서 마당 너머의 집을 기웃거리면서 말했다.

딱!

그 집 마당에서는 얇은 옷을 입은 수염투성이 건장한 사내가 도끼로 장작을 패고 있는 중인데 아직 자기 집 앞에 서 있는 정필 일행을 발견하지 못하고 장작 패는 일에만 열중하고 있었다.

정필과 은주는 그 자리에 서 있고 김길우가 사내에게 다가
가며 말을 걸었다.

"샤오페이(실례합니다)."

사내는 도끼질을 멈추고 김길우를 쳐다보다가 저만치에 서
있는 정필과 은주를 발견하더니 표정이 굳어졌다.

정필은 은주를 멀찍이 뒤따라서 오게 하고 김길우 쪽으로
천천히 다가갔다. 도끼를 쥐고 있는 사내가 무슨 짓을 할지
모르기 때문이다.

경계하는 빛이 역력한 30대 후반의 중국 사내에게 김길우
가 중국말로 대놓고 물었다.

"이 집에 조선 여자 있소?"

중국 사내는 대답 대신 도끼를 천천히 치켜들면서 김길우
에게 다가서며 사납게 인상을 쓰고 심한 흑룡강성 사투리로
소리쳤다.

"니스쉐이야(너 누구야)?"

김길우는 슬금슬금 뒤로 물러났다.

"조선 여자 있냐고 물었소?"

그러면서 그는 설마 이 중국 놈이 백주대낮에 도끼로 사람
을 찍지는 않을 것이라고 생각했다.

그렇지만 그의 그런 생각은 떠오를 때보다 더 빠르게 사라
졌다. 착각이었다.

"왕빠단(王八蛋:개새끼)!"

위잉!

중국 사내는 다짜고짜 김길우의 머리를 향해 맹렬하게 도끼를 휘둘렀다.

"우왁!"

김길우는 사색이 되어 그 자리에 얼어붙었다. 설마 중국 사내가 다짜고짜 죽이겠다고 도끼를 휘두를 줄은 몰랐다.

탁!

날이 시퍼런 도끼가 김길우의 정수리를 향해 내려꽂히고 있을 때 정필이 재빨리 달려들면서 그를 한쪽으로 밀어내는 것과 동시에 오른발을 뻗어 발끝으로 중국 사내의 옆구리를 찍었다.

탁!

"컥!"

늑골을 적중당한 중국 사내는 휘청거리며 옆으로 밀려났다.

정필은 중국 사내에게 달려들어 오른팔을 잡아서 빙글 뒤쪽으로 돌아가며 비틀었다.

우드득!

"으아악!"

뼈 부러지는 소리가 나면서 중국 사내가 찢어지는 비명을 질러댔다.

정필은 중국 사내의 손에서 도끼를 뺏어서 멀찍이 던지고 는 그를 확 밀쳐서 눈밭에 거꾸러뜨렸다.

그러고는 발길질로 가슴과 얼굴을 몇 차례 가차 없이 마구 내질렀다.

퍽퍽퍽퍽!

"이 새끼야! 물어보는 사람을 다짜고짜 죽이려고 들어?"

정필이 물러나자 이번에는 분노한 김길우가 달려들어 중국 사내를 짓밟았다.

"띠아오하이즈(屌孩子:좆새끼)! 랑취더(狼吃的:뒈져라)!"

정필은 김길우를 놔두고 집으로 다가가는데 그때 집의 나무문이 열리면서 한 사람이 나왔다.

끼이이…….

머리를 산발하고 얇은 옷을 입었으며 세수를 오래 하지 않았는지 꾀죄죄하고 더러운 여자가 겁먹은 얼굴로 나오다가 정필을 발견하고 놀라서 뚝 멈추었다.

여자는 때리기를 멈추고 씩씩거리는 김길우 앞에 축 늘어져서 누워 있는 중국 사내를 발견하고는 움찔 놀라 뒤로 한 걸음 물러섰다.

"뉘… 기요?"

정필은 여자가 조선말을 하는 걸 보고 짚이는 것이 있어서 목소리를 낮추어 물었다.

"양선미 씨입니까?"

여자의 얼굴이 꾀죄죄했지만 정필은 그녀 얼굴에 놀라는 표정이 떠오르는 것을 발견했다.

"내래 양선미가 맞는데 왜 그러시오?"

"정필 오라바이, 야래 선미가 맞습다……! 옴마야… 선미가 꼬라지가 어째 이리 됐슴메?"

정필 몸속에 있는 은애가 자지러지는 소리를 냈다.

그때 길 쪽에 있던 은주가 걸어오면서 여자에게 외쳤다.

"선미 언니야!"

여자는 다가오는 멋들어진 모습의 은주를 알아보지 못하고 눈을 껌뻑거렸다.

"선미 언니야! 내래 은주다이! 은애 동생 은주!"

"아아……."

여자가 눈을 커다랗게 뜨고 쓰러질 것처럼 비틀거리는 걸 정필이 얼른 붙잡았다.

은주가 가까이 다가오면서 선글라스를 벗고는 크게 반가운 얼굴로 말했다.

"너래 선미 언니야 맞지?"

"그… 그래, 내래 선미다. 은주야이……."

"선미 언니야……."

"어흐응……! 은주야이……."

은주가 두 팔을 벌려 끌어안자 선미는 그녀 가슴에 얼굴을 묻고 서럽게 흐느껴 울었다.

"오라바이, 날래 안으로 들어가 보기요."

은애가 정필을 재촉했다.

척!

정필은 선미가 나온 문 안으로 거침없이 들어갔다.

그곳은 부엌이거나 창고 같은 어두컴컴한 공간인데 안쪽으로 두 개의 문이 있으며, 하나는 열려 있고 하나는 굳게 닫혀 있다.

정필은 성큼성큼 걸어 들어가며 열려 있는 문 안쪽을 힐끗 보았다.

세간이라곤 없는 형편없는 실내 구석의 중국식 침상에는 이불이 깔려 있을 뿐 사람은 보이지 않았다. 아마도 선미가 이 방에서 나온 모양이다.

"아아아… 으으으……."

그런데 닫힌 문 안에서는 중국 노랫소리와 여자의 신음 소리가 뒤섞여 새어 나왔다.

끼이이…….

정필이 문을 열자 첫 번째 방이나 별반 다를 바 없는 실내에서 시끄러운 중국 노랫소리가 왈칵 쏟아져 나오고, 어두컴컴한 저만치 안쪽의 침상에서 벌거벗은 남녀가 한창 섹스에 여념이 없다.

벌거벗은 여자는 개처럼 두 손과 무릎으로 엎드려 있고 뒤에서 역시 벌거벗은 곰처럼 커다란 사내가 여자의 궁둥이를 두 손으로 붙잡고 거세게 밀어붙이면서 씩씩거렸다.

"저… 저… 선미 아매임다… 으쩌나… 선미 아매가 저런 꼴을 당하다이……."

은애가 진저리를 치면서 울먹였다.

정필이 문을 열고 침상으로 걸어가고 있는데도 남녀는 행위를 그치지 않았다.

하긴, 밖에서 장작을 패던 사내가 반죽음이 됐는지도 모른 채 시끄러운 노랫소리에 파묻혀 섹스에 열중하고 있는 남녀가 무슨 정신이 있겠는가.

한겨울 일거리도 없는 아침나절을 이들 남녀는 격렬한 섹스로 대신하고 있는 중이다.

정필은 침상 3m쯤에서 걸음을 멈추고 잔뜩 눈살을 찌푸린 채 남녀를 지켜보았다.

구경하고 싶어서가 아니라 이걸 어떻게 해야 할지 순간적으로 대책이 서지 않았다. 이런 상황을 마주하게 될 줄은 예상하지 못했었다.

"아아아……."

그때 선미 엄마가 우뚝 서 있는 정필 쪽으로 일그러진 얼굴을 돌렸다.

정필은 선미 엄마 이명순의 얼굴에 고통과 치욕이 뒤범벅된 복잡한 표정이 떠올라 있는 것을 발견했다.

그 순간 정필을 발견한 이명순은 크게 놀라서 눈을 커다랗게 떴지만 벌어진 입에서는 진득한 고통의 신음 소리가 계속 흘러나왔다.

순간 정필의 발이 허공을 갈랐다.

칵!

"커억!"

정필의 발끝에 겨드랑이 아래를 모질게 찍힌 사내는 침상 구석으로 벌러덩 자빠졌다.

여자는 50세 정도이며 호리호리한 체구에 갸름한 얼굴을 지녔다. 선미 엄마는 45세라고 했는데 아마도 겉늙어서 50세로 보이는 것 같았다.

그녀는 거구의 사내가 더 이상 뒤에서 밀어붙이지 않는데도 너무 놀란 나머지 그 자세를 유지한 채 멍한 얼굴로 정필을 쳐다보았다.

정필은 착잡한 표정으로 물었다.

"선미 어머니입니까?"

"뉘… 기요?"

여자 이명순은 그제야 자세를 풀고 상체를 일으켜 무릎을 꿇은 자세로 물었다.

"양석철 양 형 친구입니다. 어머니를 구하러 왔습니다."

"……."

이명순은 충격을 받은 듯 후드득 몸을 세차게 떨더니 눈을 껌뻑이며 정필을 바라보았다.

"우리… 석철이 친구라고……."

"무산에 사는 조은애 친구이기도 합니다."

"은애……."

"밖에 은애 동생 은주가 와 있습니다."

"아아……."

이명순이 옆으로 털썩 주저앉자 축 늘어진 유방이 흔들렸다.

"옷을 입으세요."

마음이 아픈 정필은 조심스럽게 이명순을 붙잡고 부축해서 일으켰다.

확!

"끅……."

그런데 그때 누군가 뒤에서 갑자기 정필의 목을 졸랐다.

정필은 그가 누군지 볼 수가 없지만 조금 전까지 이명순과 섹스를 하던 거구의 중국 사내일 것이라고 짐작했다.

사내의 완력은 대단했다. 정필이 목이 부러질 것 같은 고통을 느끼면서 자신의 목을 조르고 있는 것을 만져보니까 아이 허리 굵기의 엄청난 팔뚝이다.

정필이 목을 조르고 있는 팔뚝을 풀려고 아무리 기를 써도 꼼짝도 하지 않았다.

발길질 한 방에 사내가 나가떨어졌을 줄 알았는데 상대를 과소평가한 실수를 톡톡히 치르고 있다.

"끄으으……."

목이 부러지는 것은 접어두고 숨이 막혀왔다. 침상 아래에 서 있는 이명순은 정필을 돕지도 못하고 두 손을 가슴에 모은 채 부들부들 떨고 있을 뿐이다.

"아아… 으찌나… 이거이 으찌나……."

정필은 cz─75를 꺼내려고 가죽점퍼를 더듬었으나 사내가 목을 조르면서 점퍼 위쪽을 팔뚝으로 누르고 있어서 지퍼를 내릴 수가 없다.

"으으……."

이 순간 정필과 똑같은 고통을 느끼는 은애는 그의 몸속에서 갓 잡아 올린 물고기처럼 버둥거렸다.

퍽퍽퍽퍽퍽!

정필이 양쪽 주먹으로 사내의 얼굴을 집중적으로 난타했으나 사내는 끄떡도 하지 않았다.

정필은 이대로 10초만 더 있으면 정신을 잃을 것 같다는 생각에 척사검이 있는 오른쪽 발을 들어 올리는 것과 동시에 팔을 뻗었다.

그런데 청바지를 걷고 척사검을 뽑다가 떨어뜨리고 말았다.

'빌어먹을… 끝장이다……'

정신이 가물가물 아득해지면서 눈앞에 아무것도 보이지 않고 또 온몸에 기운이 쭉 빠졌다.

정필로서는 이런 상황도 그리고 이런 느낌도 생전 처음이다.

자신이 이런 상황에 처하게 될 줄은 조금도 예상하지 못했었는데, 정말이지 죽음이라는 것은 전혀 예상하지 못했던 시점에 찾아왔다.

쿵!

정필은 의식을 잃기 직전에 침상 아래 바닥에 묵직하게 떨어져서 바닥에 나뒹굴었다.

"컥! 컥! 콜록… 콜록……"

정필은 무릎을 꿇고 두 손으로 바닥을 짚고는 격렬하게 기침을 해댔다.

그러면서 그는 어떻게 된 일인지 확인하려고 고개를 들어서 쳐다보다가 움찔 놀랐다.

거구의 중국 사내가 장승처럼 우뚝 서 있는데 그의 오른쪽에 이명순이 그를 향해 두 손을 모아서 뻗고 있는 동작을 취하고 있었다.

그런데 이명순의 두 손에 쥐어 있는 것은 놀랍게도 척사검이었다.

그리고 더 놀라운 것은 그녀가 척사검으로 중국 사내의 옆구리를 찔렀다는 사실이다.

정필이 종아리에서 뽑으려다가 떨어뜨린 척사검을 이명순이 주워서 중국 사내를 찌른 것이다.

퍽!

"악!"

중국 사내가 얼굴을 후려치자 이명순은 비명을 지르며 가랑잎처럼 날아갔다.

정필은 비틀거리면서 일어나서 중국 사내와 마주 보고 서서 이를 부드득 갈았다.

"이 새끼……."

50살이 다 돼 보이는 중국 사내는 오른쪽 옆구리에 척사검을 꽂은 채 상체를 흔들거리고 있다가 별안간 정필의 얼굴을 향해 주먹을 휘둘렀다.

정필은 상체를 뒤로 슬쩍 젖혀서 간단하게 주먹을 피하고는 그 즉시 냅다 돌진하면서 발등으로 사내의 사타구니를 힘껏 걷어찼다.

퍽!

"허윽!"

이어서 주먹으로 사내의 왼쪽 옆구리를 연달아 다섯 번이나 가격하고는 허공으로 붕 떠올랐다가 강력한 돌려차기로 광대뼈를 아예 부숴 버렸다.

쿵!

쓰러져서 기절해 버린 사내의 옆구리에서 척사검을 뽑은 정필은 침상 너머에 네 활개를 펼치고 쓰러져 있는 이명순에게 달려갔다.

벌거벗은 이명순은 코와 입에서 피를 흘리고 있는데 기절하지는 않았다.

"괜찮으십니까?"

"아… 내는 일없소… 선생은 괜찮소?"

이명순은 조금 전까지 중국 사내와 섹스를 하던 음부를 훤히 드러낸 채 상체를 일으키려고 버둥거렸다.

"미안하오… 우리 석철이 친구한테 이런 꼴을 보여서리 참말 면목이 없소……."

정필은 이런 상황에서 그런 말을 해야만 하는 이명순의 심정을 십분 이해하고도 남았다.

"그런 말씀 마십시오."

정필은 조심스럽게 이명순을 부축해서 침상에 앉히고는 근처 바닥에 떨어져 있는 그녀의 옷을 찾아다가 옷을 입는 것을 도왔다.

"선미 아매는 우리 아매하고 친굼다… 어쩌다가 두 아매가 다 이 지경이 됐는지……."

은애가 훌쩍훌쩍 울었다.

"어머니 아니었으면 저는 죽었을 겁니다. 고맙습니다."

정필은 이명순을 업고 집 밖으로 나갔다.

"아매……."

"아주마이!"

선미와 은주가 동시에 정필이 업고 있는 이명순을 얼싸안고 울음을 터뜨렸다.

"아매……! 우린 이자 살았소……."

"은주야… 선미야……."

이명순은 무산 고향에서 딸처럼 예뻐했던 은주와 딸의 이름을 부르고는 말을 잇지 못하고 정필 등에 얼굴을 묻으며 흐느껴 울기만 했다.

정필 일행은 마을 한가운데 길을 걸어가다가 뜻밖의 사태에 직면했다.

저만치 앞쪽에서 이 마을 사내 수십 명이 손에 커다란 칼이나 도끼, 낫, 곡괭이 같은 것들을 움켜쥔 채 우르르 몰려오고 있었다.

"오라바이……."

은주가 겁먹은 얼굴로 정필의 옷자락을 붙잡았다.

"괜찮다."

정필은 업고 있는 이명순을 내려서 은주와 선미가 부축하도록 하고 가죽점퍼 안주머니에서 cz—75를 꺼내 소음기 부스터를 풀었다.

"길우 씨 통역하세요."

정필은 오른손에 권총을 쥐고 점점 가까워지고 있는 사내들을 향해 똑바로 걸어갔다.

"이건 권총이다."

"저으거쇼우치앙!"

김길우는 우렁차게 외쳤다.

마을 사내들도 눈이 있으므로 정필이 어깨 높이로 들어 올린 오른손에 쥐어진 권총을 보았다.

"막는 놈은 가차 없이 죽이겠다."

김길우는 방금 전보다 더 큰 소리로 통역했다.

꽝!

정필이 오른팔을 위로 쭉 뻗어 허공에 한 발을 쐈다.

총소리는 아침나절의 깊은 산천을 떨어 울렸고 멀리서 채찍소리 같은 메아리가 한동안 울려 퍼졌다.

사내들이 움찔 걸음을 멈췄다.

척!

정필이 정면으로 권총을 겨누자 사내들은 화들짝 놀라며 좌우로 후다닥 피했다.

"꺼추치!"

정필은 지난번 은주에게 배운 '썩 꺼져'를 버럭 외치며 사내들 사이를 천천히 지나가면서 권총을 좌우로 휘둘렀다.

"길우 씨, 앞장서요."

정필이 명령하면서 이명순을 부축한 은주와 선미 뒤쪽으로 빠져 은주 어깨에 왼손을 얹은 채 천천히 전진했다.

사내들은 살기등등한 표정으로 정필 일행을 노려보고 있지만 감히 함부로 덤비지 못했다.

그러나 여차하는 순간에 공격하기 위해서 정필에게서 시선을 떼지 않았다.

정필은 천천히 걸어가면서 전후좌우를 재빨리, 그리고 날카롭게 둘러보면서 권총을 겨누기 때문에 사내들은 공격할 기회를 잡지 못했다.

"이보시오, 나도 데려가줄 수 없습까?"

그런데 그때 왼쪽 사내들 뒤에서 여자 목소리, 그것도 함북 사투리가 들렸다.

정필은 뚝 걸음을 멈추고 목소리가 들려온 쪽으로 권총을 들이밀며 좌우로 흔들었다.

"비켜라."

"누어러!"

사내들이 좌우로 우르르 흩어지고 나자 그곳에 한 여자가 아기를 안고 있는 모습이 나타났다.

20대 중반으로 보이는 꾀죄죄한 여자는 누더기 같은 두툼한 솜옷을 입었으며 품에 젖먹이를 안고 금방이라도 울 것 같은 얼굴로 말했다.

"내는 고향이 온성임다. 조선족 인신매매단한테 여기로 팔려 왔슴다. 내는 여기서 도망치고 싶슴다. 나를 사람들 사는 곳에 데려다줄 수 없슴까?"

정필은 눈앞의 여자가 북한 여자로서 인신매매단에 의해서 이 마을의 중국 사내에게 팔려 와 아이까지 낳았을 것이라는 사실을 짐작할 수 있었다.

"이리 오십시오. 우리하고 같이 갑시다."

정필이 왼손을 뻗자 여자가 울면서 다가왔다.

"으흐흑! 고맙슴다. 내래 다시는 조선 사람 보지 못하고 예서 죽는 줄 알았슴다."

그런데 그때 오른쪽에서 갑자기 중국인 사내 한 명이 쏜살같이 튀어나오면서 여자를 향해 무지막지하게 도끼를 휘두르며 악을 써댔다.

"쌰오비양더(씨팔년)!"

탕!

"왁!"

주위를 경계하고 있던 정필은 덮쳐드는 사내를 향해 그대로 권총을 발사했다.

인신매매단에게 새파랗게 어린 북한 소녀를 헐값에 사서 그녀의 남편 노릇을 했던 48세의 중국 사내가 오른쪽 어깨에서 피를 확 뿜으며 상체가 뒤로 젖혀졌다.

휙!

정필이 총을 쏘고 나서 그 자리에서 재빨리 한 바퀴 돌면서 훑듯이 권총을 겨누니까 중국 사내들이 식겁한 얼굴로 후다닥 뒤로 물러났다.

"아악! 오라바이!"

그런데 갑자기 귀에 익은 찢어지는 비명이 터졌다. 험악하게 생긴 중국 사내 한 명이 잠깐 사이에 은주의 머리채를 움켜잡은 것이다.

"이 새끼!"

정필이 죽일 것처럼 인상을 쓰며 권총을 쭉 뻗으면서 빠르게 다가서자 다른 사내들은 우르르 도망쳤다.

그렇지만 그 사내만 왼손으로 은주의 머리채를 움켜쥐고 뒷걸음질 치면서 오른손의 낫으로 은주를 내려찍을 것처럼 위협을 했다.

"아악!"

머리카락이 온통 뽑힐 것 같은 고통에 은주는 땅에 쓰러져서 질질 끌려가면서 울부짖었다.

탕!

"컥!"

이런 상황에서 뒷일 따윌 생각할 겨를이 없다. 정필의 권총이 불을 뿜었고, 사내는 낫을 쥐고 있던 오른쪽 어깨가 관통되면서 뒤로 퉁겨졌다.

정필이 앞으로 걸어 나가면서 왼손을 뻗자 은주가 손을 잡고 급히 일어나 그의 품에 안겼다.

"아아……."

방금 정필은 다급하고 분노한 나머지 하마터면 사내의 얼굴을 쏠 뻔했다.

만약 그랬다면 사내는 즉사했을 것이고 그로 인해서 일이 복잡하게 꼬이게 될 것이다. 사람을 죽인 것과 단지 다치게 한 것은 큰 차이가 있다.

두 사내가 총에 맞아 쓰러져서 고통스럽게 비명을 질러대자 다른 사내들은 더 이상 정필 일행을 가로막지 못할 뿐만 아니라 정필 일행이 마을 입구 쪽으로 가는데도 따라오지 못하고 멀리서 지켜보기만 했다.

우웅웅―

김길우가 레인지로버를 운전하여 눈 쌓인 산길을 달리고, 조수석에는 정필이, 뒷자리에는 은주와 선미 모녀, 그리고 아기를 안은 온성 여자가 타고 있다.

은애는 정필의 몸속에서 줄곧 안도의 한숨을 내쉬고 있다. 아까 정필이 선미 엄마 이명순을 구하다가 중국 사내에게 목이 졸렸을 때 은애는 정필이나 자신이나 그대로 죽는 줄만 알았다.

그만큼 상황이 절박했었다. 목이 졸린다는 것에 강한 트라우마를 지니고 있는 그녀지만 그때만큼은 자신보다도 정필을 걱정했었다.

상림촌을 출발했지만 다들 아직 긴장이 풀리지 않아서 입을 굳게 다문 채 아무도 말을 하지 않았고, 차 안에는 엔진 소리만 웅웅! 울리고 있을 뿐이다.

"은주야, 괜찮으냐?"

정필이 침묵을 깨고 은주를 돌아보며 염려하는 표정으로 물었다.

아까 중국 사내에게 머리카락이 움켜잡혀서 끌려갔었으니 고통이 이만저만한 게 아니었을 것이다.

"저는 일없습다. 뭐이 그 정도를 갖고서리……."

은주가 머리카락을 매만지면서 씩씩하게 웃어 보였다.

그리고 다시 잠시의 침묵이 흘렀다가 은주가 손을 뻗어 정필의 어깨를 만졌다.

"오라바이, 선미 언니하고 아매가 오라바이한테 고맙다고 인사한답니다."

심하게 흔들리는 차속에서 나란히 앉은 선미 모녀는 뒤돌아보는 정필에게 꾸벅 고개를 숙였다.

"선생님, 이거이 뭐이라고 말을 할 수가 없을 정도로 고맙습다. 선미하고 나하고 이렇게 살아날 줄은 꿈에도 생각을 앙이했습다."

정필은 한집 한 형제에게 팔려 가서 짐승처럼 유린당한 선미 모녀에게 인사를 받는 것이 괴로웠다.

모녀. 엄마와 딸로서 이날까지 다정하게 살아왔던 두 여자가 어느 순간부터 같은 집에서 한 형제의 부인이 되어 매일 얼굴을 마주 보면서, 시도 때도 없이 형제들에게 짓밟히며 살았을 테니 그 육체적 정신적 고통을 어찌 말로 설명할 수 있겠는가.

"안전한 곳으로 모실 테니까 편하게 계십시오."

"고향에만 갈 수 있다면 내 이자 죽어도 여한이 없습다. 고맙습다… 선생님."

선미 모녀는 눈물을 흘리면서 연신 고개를 숙였다.

"아까 맞은 곳은 괜찮습니까?"

이명순은 아까 정필을 구하려고 거구 사내의 옆구리에 척 사검을 찔렀다가 그에게 된통 얻어맞고 날아갔었다.

"일없습다."

이명순은 괜찮다고 말하지만 얼굴 한쪽이 퉁퉁 부었고 눈알이 새빨갛게 멍이 들었다.

뒷자리 왼쪽 구석에 아기를 안고 앉아 있는 까치 머리의 꾀죄죄한 여자도 정필에게 고개를 숙여 인사하고 나서 눈물을 쏟았다.

"으흐흑……! 저는 온성에 있는 가족들이 보고싶습다……!"

연순이라는 그녀는 놀랍게도 자기 나이가 올해 18살이라고 했는데, 그러고 보니까 얼굴이 매우 앳되어 보였다.

작년 봄, 그러니까 17살 때 탈북했다가 인신매매를 당해 상림촌으로 팔려 왔는데 덜컥 임신을 하여 올 초에 아들을 낳았다는 것이다.

북한에 배급이 끊어진 고난의 행군 초기에 식량을 구하려고 탈북하여 연길에 와서 일거리를 찾다가 인신매매단에게 붙잡혔다고 한다.

정필은 연순이 온성에 살았다고 해서 혹시나 싶어 그녀를 돌아보며 물었다.

"너 혹시 명옥이 아니?"

연순이 눈을 깜빡거렸다.

"온성 주원에 사는 명옥이 말입까? 갸 성이 뭡까?"

"박씨다. 너하고 같은 18살이야."

"아! 박명옥이 말입까? 명옥이 나하고 싸리말친구임다! 갸네 집하고 우리 집이 아래위로 붙었단 말다! 그런데 선생님께서 명옥이를 어케 암까?"

은주가 대신 설명했다.

"명옥이도 인신매매단에 붙잡혀 갔었는데 오라바이가 구해주었다이. 그뿐인 줄 아니? 명옥이 엄마하고 명옥이 동생 명호 알지? 갸까지 다 오라바이가 연길에 데려왔다이."

"옴마야……."

연순이는 눈을 휘둥그렇게 뜨면서 놀랐다.

선미와 이명순은 그 말을 듣고 감탄을 금치 못했다.

"아아… 정말 훌륭한 선생님이시구만요."

"저하고 선미는 죽어서 귀신이 되더라도 이 은혜를 절대로 잊지 않갔슴다."

한집 한 형제에게 팔려 가서 한동안 동서지간으로 지냈던 기구한 모녀는 평생 지워지지 않는 상처를 안고 서로 위로하면서 살아갈 것이다.

정필이 앞을 보면서 조용한 목소리로 말했다.

"모두들 상림촌에서 있었던 일은 다 잊어버리고 이제는 좋은 일만 생각하면서 사십시오."

"선생님은 우리 석철이를 어찌 암까?"

이명순이 궁금한 얼굴로 물었다. 그녀는 자신의 추한 모습을 정필이 목격했지만 수치스러워하지 않고 오히려 그에게 끈끈한 유대감 같은 것을 느꼈다.

남편 노릇을 하던 거구의 사내에게 정필이 목이 졸려서 죽어갈 때 그녀가 척사검으로 사내의 옆구리를 찔러서 정필을 살려주었기 때문이다.

정필이 아니었으면 선미와 이명순은 상림촌에서 빠져나오지 못했을 것이고, 이명순이 없었으면 정필은 상림촌에서 살아서 나오지 못했을 것이다.

물론 정필이 선미 모녀를 구하기 위해서 상림촌에 갔었기 때문에 그런 일이 벌어졌던 것이고, 그런 사실을 알기에 이명순은 난생처음 칼로 사람을 찌르는 용기를 낼 수 있었던 것이다.

"도강하는 북조선 사람들을 돕다가 양 형을 만난 적이 있었습니다. 나한테 동생 선미하고 어머니를 찾아달라고 부탁했었습니다."

"우리 석철이가……."

"양 형은 무산 국경수비대 초소장을 하면서 도강하는 사람들을 많이 돕고 있습니다."

양석철 얘기를 듣고 선미 모녀는 말을 잇지 못하면서 보고 싶다고 울기만 했다.

가운데 앉은 은주가 양쪽에 선미 모녀를 안고 말했다.

"예전에 석철 오라바이가 우리 은애 언니야를 많이 좋아해서리 억세게 따라다녔슴다."

정필은 은주가 양석철을 만나면 은애의 죽음에 대해서 알게 될 것이라고 생각하면서 마음이 무거워졌다.

＊　　　　＊　　　　＊

정필은 다시 연길로 돌아갔다. 선미 모녀와 연순이, 그리고 아기까지 데리고는 흑하까지 먼 길을 갔다 올 수가 없어서 그녀들을 영실네 아파트에 맡겼다.

30평 좁은 아파트에 선미 모녀와 연순이, 아기까지 20명이 득실거리게 되었지만 어쩔 수가 없다.

정필이 배를 구하여 탈북자들을 대한민국으로 데려갈 때까지는 견뎌야만 한다.

"상림촌 일은 염려하지 않으셔도 될 거임다."

정필과 김길우는 영실네 아파트 베란다에 잠시 담배를 피우러 나왔는데 김길우가 말을 꺼냈다.

"중국에서 인신매매는 중벌로 다스린다. 사람을 돈 받고 파는 놈이나 돈 주고 사는 놈 둘 다 붙잡히면 무조건 사형임다. 기니끼니 상림촌 놈들 칼에 찔리고 총에 맞았지만 지들끼리 쉬쉬할 거임다."

"후우… 그러면 다행입니다."

정필은 담배 연기를 길게 내뿜으며 고개를 끄떡였다.

정필은 혹시나 싶어서 청강호를 무선 호출했는데 그가 용케 영실네 아파트로 전화를 걸어왔다.

"청강호 씨, 아직 출발 안 했군요?"

—여기 삼합이오. 이자 저 앞에 다리만 건너면 회령인데, 무슨 일이오?

"이번에 무산에 가서 양석철 양 형을 만나면 내가 여동생 선미하고 어머니를 구해 와서 안전한 곳에 모시고 있다고 전해주십시오."

전화선 너머에서 청강호가 자기 일처럼 기뻐하며 큰 목소리로 외쳤다.

—그거이 참말이오?

"그렇습니다. 두 분이 지금 내 옆에 있습니다."

—야아! 최 선생 정말 훌륭하오! 내래 최 선생 진심으로 존경하오!

정필은 전화를 끊고 나서 생각나는 게 있어서 선미와 이명순에게 말했다.

"양 형이 두 분 만나면 전해달라고 한 말이 있습니다."

"뭐임까?"

"양 형은 선미 씨와 어머님이 북조선에 돌아가는 것을 원하지 않았습니다."

"왜 그렇슴까?"

"고향에는 굶어 죽는 사람들 천지니까 두 분이 어딜 가서 살더라도 배불리 먹고 살 수만 있으면 그걸로 된다고 말했습니다."

"석철이가 그리 말했슴까?"

"네."

이명순은 눈물을 글썽거렸다.

"그래도 내는 고향에 가겠슴다."

그녀의 표정은 단호했다.

"우리 나그네도 굶어 죽고서리 이자 북조선에 남은 것은 석철이 하나뿐인데… 갸를 두고 내가 어드메 가서 발을 뻗고 호의호식한다는 말임까?"

자신이 낳고 자란 고향을 떠난다는 것은 극단의 상황에서만 가능한 일이다.

　하지만 그런 극단의 상황에서도 모정(母情)은 자식을 그리워하고 최우선으로 생각하는 것이다.

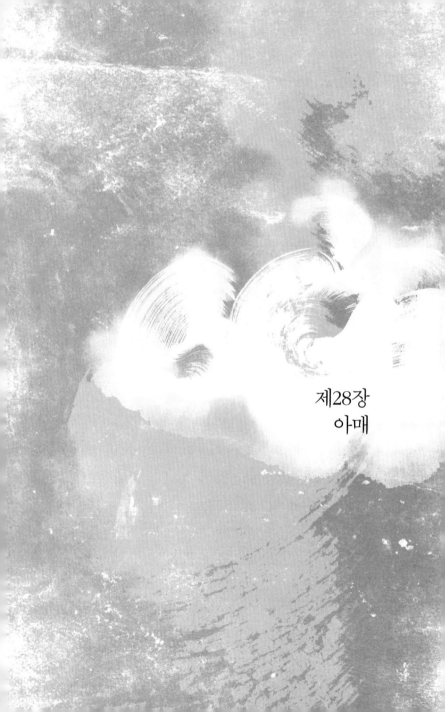

제28장
아매

　12월 12일 늦은 오후에 정필 일행은 흑하에 도착했다.

　흑하는 잔뜩 찌푸린 하늘 아래 영하 35도의 혹독한 추위 속에 웅크리고 있었다.

　흑하 북쪽에는 거대한 흑룡강(黑龍江)이 굽이쳐 흐르고 있다. 시베리아 남동부에서 발원하여 중국 동북의 러시아 국경을 따라서 장장 4,500㎞를 흐르다가 타타르해협으로 흘러드는 거대한 강으로, 달리 아무르강이라고도 부른다.

　서동원이 흑하 입구까지 나와서 기다리고 있다가 정필 일행과 합류했다.

먼 길을 쉬지 않고 달려온 탓에 피곤하지만 정필은 서동원을 앞세워서 은애 엄마가 있는 곳으로 향했다.

레인지로버는 흑하시를 벗어나 흑룡강을 오른쪽에 끼고 상류로 달렸다.

서동원이 렌트한 중국산 차는 흑하시에 놔두고 그는 은애 엄마가 있는 곳을 안내하기 위해서 조수석에 앉았고, 정필은 뒷자리 오른쪽에 앉아서 창밖의 꽁꽁 얼어붙은 흑룡강을 물끄러미 바라보았다.

은애는 정필의 몸속에 있고, 은주는 정필 옆에 붙어 앉아서 그의 팔을 가슴에 꼭 안고 기대어 그의 시선을 따라 강을 바라보고 있다.

"그 집에 사내만 5명임다. 김금화 씨 남편과 남동생 3명에 아들이 한 명임다."

"그 사람 아매 남편 아임다."

서동원이 뒤돌아보면서 설명하자 은주가 발끈해서 새된 목소리를 냈다.

"아… 네. 알갔슴다."

서동원이 다시 설명했다.

"주위의 말을 들어보면 그들은 소수민족인 오로첸족(族)이라고 하는데 3대(代)가 한집에 살고 있슴다. 김금화 씨 남편

행세를 하고 있는 사내는 54살이고 한 번 결혼했다가 부인이 죽어서 김금화 씨가 두 번째 여자임다."

서동원은 그동안 자신이 알아낸 것들을 은주에게 거슬리지 않도록 조심조심 설명했다.

"그 작자 이름은 다웅크라고 하는데 32살 먹은 아들이 있으며 그 아들은 결혼하여 한집에 같이 살고 있슴다. 기리고 다웅크 밑으로 남동생이 세 명이 있는데 그자들도 결혼하여 같은 집에 살고 있슴다. 다웅크까지 치면 다섯 가족이 함께 사는 거임다."

그렇게 사내가 많으니까 서동원이 은애 엄마에게 접근하는 것조차도 어려웠을 것이다.

"지금은 겨울이라서 그자들은 사냥하고 고기잡이를 주로 함다. 아침에 집을 나가서 일을 하다가 해가 지기 전에 귀가하는데 제가 김금화 씨를 만난다고 들쑤셔 놓은 다음부터는 그자들이 집에서 꼼짝도 앙이 함다."

우웅웅—

레인지로버는 얼어붙은 비포장도로를 거칠 것 없이 기세 좋게 질주했다.

운전하고 있는 김길우가 룸미러로 정필을 보았다.

"터터우, 저쪽은 사내가 5명이나 된다는데 어떻게 하실 거임까?"

정필은 차창 밖 흑룡강에서 시선을 거두지 않고 조용히 대답했다.

"우리도 그들도 서로를 모릅니다. 나는 될 수 있으면 서로 다치지 않고 목적을 이루었으면 좋겠습니다."

"알갔슴다."

정필의 말은 대답으로는 턱없이 부족했지만 김길우는 토를 달지 않고 고개를 끄떡였다.

정필은 북한 여자들을 돈 주고 산 중국 남자들을 걱정하는 것이 아니다.

그들은 그들 나름대로 사정이 있겠지만 돈을 주고 물건처럼 북한 여자를 산 행위는 용서할 수가 없다.

그렇다고 해서 모두 죽어야 한다는 얘기는 아니다. 다만 잘못을 인정하지 않고 버티거나 난폭하게 반응하면서 여자를 찾으러 온 정필 등을 해치려고 하는 행위를 용서하지 못하는 것이다.

중국이, 그리고 중국인이 싫거나 나쁜 것이 아니다. 정필이 증오하는 자는 돈을 주고 북한 여자를 사서 노예나 하녀처럼 학대하는 소수의 중국 사내들이다.

더구나 그렇게 해서 팔려 온 북한 여자들은 중국 사내의 아내가 돼서도 남편의 호적에 올라가지도 못할뿐더러 거기에서 낳은 자식까지도 마찬가지다.

그러므로 그것은 정상적인 부부가 아니다. 팔려 간 북한 여자는 장가를 못 간 나이 먹거나 장애를 갖고 있는 중국 사내의 성 노예, 씨받이가 될 뿐이다. 그게 전부가 아니다. 북한 여자들은 그 집안의 하녀이며 노예다. 온갖 험한 일을 다 한다는 것이다.

"정면으로 부딪칩시다. 대화를 해봐서 안 되면 그때 다음 방법을 생각합시다."

정필의 말에 서동원이 난색을 표하며 고개를 절레절레 가로 저었다.

"무지막지한 놈들이라서 얘기가 씨도 안 먹힐 겁다. 그 집엔 에미나이들까지 사납슴다."

"거칠게 나오면 우리도 똑같이 거칠게 대할 겁니다. 이에는 이, 눈에는 눈입니다."

정필은 단호하게 말했다.

흑하시에서 흑룡강을 따라 상류로 7㎞쯤 달린 곳 도로 왼편에 이십여 호의 작은 마을이 나타났다.

"저기 첫 번째 집임다."

서동원이 마당이 매우 넓고 서너 채의 단층집과 역시 서너 채의 창고가 'ㄷ'자형으로 지어진 집을 가리키며 바짝 긴장한 표정을 지었다.

"들어갑시다."

정필의 말에 김길우는 긴장한 얼굴로 레인지로버를 몰아 다웅크의 집으로 거침없이 진입했다.

끽!

따로 대문이나 담이 없는 집의 마당 입구에 멈춘 레인지로 버에서 정필 일행이 천천히 내렸다.

정필이 가운데 서고 서동원과 김길우가 좌우에 나란히 섰 으며, 은주는 정필 왼쪽에 그림자처럼 붙어 있다.

정필 일행이 레인지로버 앞에 서서 1분이 채 지나기도 전에 3채의 집에서 사람들이 느릿하게 밖으로 나왔다.

그들은 5명의 남자와 4명의 여자였으며 놀랍게도 남자들은 하나같이 엽총을 지니고 있었다. 겨울에는 주로 사냥과 어업 을 한다더니 사냥용 엽총인 모양이다.

"오라바이… 저거이 총 아임까?"

은애가 놀라서 잦아드는 목소리로 중얼거렸다.

서동원이 남자들에게서 시선을 떼지 않은 채 그중 한 사내 를 턱으로 가리켰다.

"저기 털모자 쓴 덩치가 다웅크임다."

5명의 남자들 모두 북방계 특유의 털모자를 쓰고 있었지만 정필은 어렵지 않게 그들 중에 가장 나이가 많고 체구가 큰 사내를 찾아낼 수 있었다.

털모자에 털이 수북한 짐승 가죽으로 만든 옷을 입은 다웅크라는 사내는 코밑과 입 주위에 밤송이 같은 수염을 길렀으며, 짙은 눈썹 아래 두 눈이 맹수처럼 이글거렸다.

다웅크 좌우에 죽 늘어선 4명의 사내도 똑같이 털모자에 털옷을 입었고 또 엽총을 쥐고 있는데 아마 다웅크의 동생들과 아들인 듯했다.

"저기 엄마가 있습니까?"

"없슴다."

정필이 남자들 좌우에 서 있는 4명의 여자를 쓸어보면서 은애에게 물었는데 은주가 대답했다.

그렇다면 4명의 여자는 다웅크 동생들과 아들의 부인들이고, 김금화는 집 안에 있다는 얘기다.

다웅크 가족은 소수민족인 오로첸족이라는데 생김새는 조선족이나 한족과 전혀 다를 바가 없었다.

"꿘추치(꺼져라)!"

다웅크의 동생들 중 한 명이 정필도 알아들을 수 있는 중국말로 우렁차게 외쳤다.

처처철컥!

그 말이 신호인 듯 사내들이 쥐고 있던 엽총의 공이치기를 뒤로 후퇴시켰다. 이제부터는 여차하는 순간 그대로 갈겨 버리겠다는 뜻이다.

김길우와 서동원은 부지중 움찔 몸을 떨면서 한 걸음 뒤로 물러섰고, 정필은 얼굴이 단단하게 굳어졌다.

엽총은 산탄총이라서 저들이 사격하면 정필 일행 전부가 크게 다치거나 죽게 된다.

그렇지만 이곳 흑하도 엄연히 중국이므로 살인을 하면 저들도 사형을 당할 것이다. 그러니까 함부로 총질은 하지 않겠지만 사람의 일이란 알 수가 없다. 감정이 뒤틀리면 무슨 짓이라도 저지를 것이다.

"내 말을 통역해요."

정필이 다웅크를 쏘아보면서 중얼거렸다.

"말씀하시라요."

김길우는 마른침을 삼켰다.

그때 다웅크가 웅웅 울리는 목소리로 말했다.

"조선말로 해라."

뜻밖에도 그의 입에서 흘러나온 말은 함경도 사투리였다. 그렇다고 북한 사람이라는 뜻이 아니다. 중국 동북삼성에 살고 있는 조선족들은 죄다 함경도 사투리를 사용한다.

"조선족입니까?"

"그렇다."

정필의 물음에 다웅크가 고개를 끄떡였다.

서동원이 조사한 바로는 그의 이름이 '다웅크'이고 오로첸족이라더니 잘못 안 모양이다.

"예를 하나 들겠습니다."

정필은 가장 어려 보이는, 그렇지만 황소 같은 체구의 청년을 가리켰다.

"예를 들어 당신 아들의 어머니가 누군가에게 납치되어 아주 먼 곳으로 팔려 가서 강제로 낯선 남자의 부인이 되었다고 합시다."

"내 마누라는 죽었다."

"여보시오! 당신 바봅니까? 내가 예를 들겠다고 하지 않았습니까?"

정필이 거침없이 다웅크를 꾸짖자 김길우, 서동원은 움찔 놀라고, 반면에 다웅크의 동생들과 아들은 당장에라도 쏠 것처럼 엽총을 들썩거렸다.

그러나 정필은 쏠 테면 쏘라는 식으로 끄떡도 하지 않고 말을 이었다.

"그런 상황이라면 당신이나 아들은 어머니를 잊어버리거나 포기할 수 있습니까?"

아들이 인상을 와락 쓰면서 주먹으로 제 가슴을 쿵쿵 치며 외쳤다.

"만약 그런 일이 있다면 아무리 먼 곳이라고 해도 나는 당장 어머니를 찾으러 떠날 것이다!"

슥―

정필은 은주의 어깨에 손을 얹었다.

"여기 이 여자의 어머니가 그런 식으로 인신매매단에게 납치되어 이 집에 팔려 왔습니다."

다웅크와 형제들, 아들, 그리고 여자들까지 모두 놀라는 얼굴로 움찔했다.

정필은 고삐를 늦추지 않았다.

"이 여자가 자기를 낳아주고 길러준 어머니를 찾으러 수천리 길을 달려온 것이 잘못입니까?"

"……."

"이 여자가, 그리고 우리가 잘못했다고 생각한다면 우릴 죽여도 좋습니다."

눈물을 글썽이고 있던 은주가 두 주먹을 쥐고 다웅크를 향해 발작하듯이 소리쳤다.

"우리 아매 어디 있슴까? 당신이 뭔데 우리 아매를 붙잡고 있는 거임까? 우리 아매는 자식이 서이나 되고 남편도 시퍼렇게 살아 있슴다!"

다웅크의 뺨이 씰룩거리고 눈이 가늘어졌다.

"은주야……."

그때 다웅크 등 사내들 뒤쪽에서 웬 여자의 목소리가 가늘게 들렸다.

다웅크와 형제들, 아들이 옆으로 갈라서자 털옷을 입은 중년의 여자가 서 있는 모습이 나타났다.

"아매!"

"아매!"

그 여자를 발견한 은애와 은주가 동시에 찢어질 듯이 울부짖었다.

"은주야!"

"아매!"

은주와 중년 여자 김금화는 서로를 향해 내달렸다.

"아이고! 은주야! 니가 여기까지 오다이……."

"아매… 아매… 으흑흑……!"

두 여자는 서로를 얼싸안고 울음을 터뜨렸다.

정필 속에서 은애는 너무 기뻐서 바들바들 떨었다.

"오라바이… 우리 아매 만나이 참말 좋습다……."

정필 일행도, 다웅크 쪽 사람들도 아무도 은주와 김금화의 통곡의 해후를 방해하지 않고 물끄러미 지켜보기만 했다.

은애 엄마 김금화를 되찾으려면 대단한 노력과 희생을 치러야만 할 것 같았는데 결과는 싱겁게, 그러나 매우 좋은 쪽으로 끝났다.

다웅크, 아니, 조선족 구범식(具範植)은 아무 조건 없이 은애 엄마를 풀어주었다.

정필이 은애 엄마를 산 금액을 주겠다고 하자 구범식은 화를 벌컥 냈다.

"사람이란 거이 돈으로 사고파는 물건이 앙이라는 거를 조금 전에 깨달았는데 날더러 또 죄를 지으라는 말인가?"

그러면서 구범식은 정필의 어깨를 두드렸다.

"아까 자네가 했던 말이 바보 같은 날 깨우쳤다는 말일세. 누군가의 남편이고 누군가의 엄마인 여자는 소중하고 위대한 존재란 말일세."

혹하를 떠난 정필 일행은 연길로 돌아오는 길에 저녁 7시쯤 치치하얼(齊齊哈爾)시에 들어섰다.

다들 강행군으로 피곤하기에 오늘은 이쯤에서 저녁을 배불리 먹고 푹 쉬도록 했다.

정필은 인구 4백만 명의 대도시인 치치하얼에서 가장 좋은 호텔에 방을 잡았으며, 근처에서 조선족이 운영하는 제일 큰 한식당에 저녁을 먹으러 들어갔다.

고급스러운 방에 다섯 사람이 둘러앉은 테이블에서는 화롯불에 소고기가 구수하게 익고 있다.

"모두 수고했습니다. 많이 드십시오."

"잘 먹갔슴다!"

맞은편에 앉은 김길우와 서동원은 씩씩하게 대답하고 와닥 닥 달려들어 먹기 시작했다.

정필은 바로 옆에 앉은 김금화에게 부드럽게 미소를 지었 다.

"많이 드십시오, 어머니."

은주는 일부러 정필 옆에 엄마를 앉히고 자신은 그 옆에 앉았다. 그녀 딴에는 장래 사위와 장모가 친해지라는 의도인 모양이다.

"네에……."

정필이 어려운지 단정하게 무릎을 꿇은 김금화는 정필에게 연신 굽실거렸다.

"편하게 앉으십시오."

"우야… 내래 이게 편함다."

은애와 은주는 감탄사를 보통 '우야야' 그러는데 김금화는 짧게 '우야' 하는 것이 달랐다.

정필에 대해서 아직 아는 것이 거의 없는 김금화는 키가 크 고 체격이 당당하며 눈이 번쩍 뜨일 만큼 잘생긴 정필이 그저 존경스러울 뿐이다.

은주가 잘 익은 고기 한 점을 집어서 기름장에 살짝 찍어 김금화의 입에 넣어주면서 말했다.

"아매, 오라바이가 그저께 중국 시골구석에 팔려 간 선미하고 선미 아매도 구했다이."

김금화는 고기를 씹다가 깜짝 놀랐다.

"우야! 갸들도 팔려 갔었니야?"

"선미하고 선미 아매는 한집에 사는 형제에게 팔려 갔었는데 오라바이가 그 형제를 둘 다 병신으로 만들어놓고서리 구해오지 않이 했습둥."

"옴마야……."

정필은 김금화가 마치 소녀처럼 두 손을 가슴에 얹고 놀라는 모습을 보면서 은애와 은주가 엄마를 닮았다는 생각이 들었다.

흑하 구범식의 집에서 잘 먹고 지냈는지 김금화는 살이 통통하게 올랐으며, 실제 나이가 44살이라는데 놀랍게도 35~36살로밖에 보이지 않았다.

눈가에 잔주름만 없다면 아가씨로 보일 정도다. 은애, 은주하고 나란히 서면 큰언니라고 해도 믿을 것이다. 더구나 눈이 번쩍 뜨일 만한 미인이다. 하기야 은애하고 은주 같은 미인을 낳은 엄마가 아닌가.

"선미하고 선미 아매 얘기는 아매만 알고 있어야 한다이. 아무한테도 말하면 않이 된다이."

"알았꼬마."

"아매에 대해서는 여기 있는 우리하고 아바이만 알고 있으니끼니 걱정 앙이 해도 된다이."

김금화는 고개를 숙이고 부끄러운 듯 말했다.

"내래 임신한 거이 너 알고 있니?"

"웅."

김금화는 고개를 더 푹 숙이고 눈물을 뚝뚝 흘렸다.

"내래 죽고 싶다이… 으흑……!"

"아매… 울지 마라이."

은주도 따라 울면서 김금화의 등을 쓰다듬었다. 여자의 운명이라는 것이 그저 야속하기만 했다.

은애는 속이 상해서 울며 정필에게 말했다.

"오라바이, 우리 아매 좀 달래주기요. 무릎 꿇은 것도 펴주고 말이우다. 우리 아매 다리가 약해서리 무릎 못 꿇는다는 말임다."

정필은 어떻게 할까 궁리하다가 무릎을 꿇고 있는 김금화를 앉아 있는 그대로 뒤에서 양손으로 엉덩이를 붙잡고 번쩍 들어 올렸다.

"옴마야……."

"편하게 앉으세요."

김금화는 울다가 놀라서 눈을 동그랗게 떴다.

정필이 김금화를 다시 내려놓을 때 은주가 엄마의 다리를 펴게 해주었다.

"아매, 오라바이한테 편하게 해도 된다이."

"그래도……."

김금화는 자신을 들어 올리느라 정필이 잡았던 엉덩이를 쓰다듬으면서 그를 힐끗거렸다.

"오라바이 내 애인이야."

김금화는 책상다리를 하고 있는 것이 영 불편한지 다리를 만지고 있다가 깜짝 놀랐다.

"은주야, 니 그기 무시기 말임둥?"

은주가 정필을 보면서 확인하듯 물었다.

"오라바이, 제 말이 맞지요? 오라바이 제 애인 아임까?"

은애가 얼른 말했다.

"오라바이, 은주하고 결혼할 거라고 말하기요."

정필이 멈칫거리자 은주는 애가 타는 표정을 지었다.

"오라바이, 제 말이 틀림까? 오라바이 제 애인 아임까?"

은애는 엄마를 기쁘게 해주려고 정필을 재촉했다.

"오라바이, 저를 사랑하고 또 은주를 사랑한다면 은주하고 결혼할 거이라고 아매한테 말해주기요."

결혼은 인륜지대사다. 아무리 은애의 부탁이라고 해도 즉흥적으로 결정을 내릴 수는 없기에 정필은 물끄러미 은주를 바라보면서 잠시 결혼에 대해서 생각해 보았다.

그렇지만 정필이 한참을 기다려도 대답하지 않자 은주는

초조함과 안타까움에 눈물을 글썽거렸고, 김금화는 나름대로
은주가 정필을 짝사랑하는 것이라고 여겼다.

"오라바이, 저를 사랑한다고 말하지 앙이 했슴까? 그거이
거짓부렁이었슴까?"

정필은 진지한 표정으로 김금화를 불렀다.

"어머니."

"네……."

"저는 은주하고 결혼할 생각입니다."

"……."

김금화는 무슨 소리냐는 듯 눈을 동그랗게 뜨며 놀랐고, 은
주 역시 기절할 것처럼 놀랐다가 두 손으로 와락 얼굴을 가리
며 울음을 터뜨렸다.

"와아앙!"

정필의 목소리가 더욱 진지해졌다.

"저는 은주를 사랑합니다. 은주가 대한민국에 가서 대학교
도 다니고 적응을 잘해서 어엿한 숙녀가 되면 정식으로 청혼
을 할 겁니다."

"서… 선생님."

김금화는 정필을 향해 다시 무릎을 꿇고 두 손을 바닥에
대며 고개를 숙였다.

"고맙슴다… 참말로 고맙슴다……."

"으흑흑… 흐어엉……! 오라바이……."

은주는 감동을 참지 못하고 계속 울기만 했다.

은애 역시 눈물을 펑펑 흘리며 정필을 칭찬했다.

"오라바이, 참말로 잘했습다. 오라바이 최곰다."

긴장이 풀린 정필 일행은 고기와 밥을 배불리 먹었고 술도 곁들여 마셨다.

정필과 은주, 김길우, 서동원은 꽤 취했고, 정필과 은주에게 술을 몇 잔 받아서 마신 김금화도 기분 좋게 취했다.

호텔방을 두 개 얻어서 김길우와 서동원이 한 방을 쓰기로 하고 정필과 은주, 김금화가 침대가 두 개 있는 같은 방에 들어갔다.

아직 9시밖에 안 돼서 자기는 이른 시간이라 정필과 은주, 김금화는 창가의 소파에 마주 앉아서 이런저런 얘기를 나누었다.

"오라바이, 우리 술 더 마셔요."

정필에게 결혼할 거라는 말까지 들었던 터라서 기분이 최고조인 은주는 옆에 앉은 그의 품에 안기다시피 한 모습으로 말했다.

"맥주 마실까?"

"좋습다."

"어머닌 어떠세요?"

"저도 조금 마실 거임다."

정필이 전화로 조선족 직원을 찾아서 룸서비스를 시키는 걸 보고는 은주와 김금화는 물론이고 정필 몸속에 있는 은애까지 놀랐다.

"글케 하믄 갯다줌까?"

"옴마야… 술을 전화로 다 시키다이……."

그녀들은 정필이 술을 사러 밖에 다녀올 줄 알고 있었다.

소파에서 술을 마시는 내내 은주는 정필이 얼마나 훌륭한 사람인지 김금화에게 설명하느라 입에서 침을 튀겼다.

그 덕분에 김금화는 정필에 대해서 조금씩 알게 되었다.

"저는 이날까지 선생님처럼 훌륭한 분을 본 적이 없슴다. 참말로 훌륭한 분이심다."

정필은 쑥스러워서 얼굴을 붉혔다.

"말씀 낮추십시오, 어머니."

"말씀을 낮추는 거이 뭡까?"

"저에게 반말을 하시라는 겁니다."

김금화는 두 손을 마구 저으며 펄쩍 뛰었다.

"아이구… 일없슴다. 큰일 날 말씀 하지 맙소."

은주도 거들었다.

"아매, 사위 될 사람인데 편하게 반말하기요."

"야가 무시기 소릴 그리함매? 선생님은 아조 귀성스러운(고귀한) 분이신데 어째 반말을 하겠슴둥?"

정필과 은주는 끝내 김금화의 고집을 꺾지 못했다.

은애는 맞은편에 앉은 김금화를 말끄러미 바라보면서 정필에게 속삭였다.

"오라바이, 우리 아매 정말 예쁘지 않슴까?"

은애의 말이 아니더라도 정필은 처음 봤을 때부터 김금화가 은애와 은주를 섞어놓은 것처럼 아름답다는 생각을 줄곧 하고 있었다.

김금화는 키가 은애 정도이며 아담하고 다소곳하며 성격도 차분해서 흑하의 구범식이 반해서 엽총을 들고 저항할 만한 미인이다.

"그런데 우리 나그네하고 은철이는 선생님께서 어케 구한 검까?"

김금화는 내내 궁금하게 여겼던 것을 조심스럽게 물었다.

정필은 조금 난감해졌다. 그걸 설명하자면 은애에 대해서 말하지 않을 수가 없기 때문이다.

지금까지 조잘대면서 잘 떠들던 은애도 이때만큼은 잠자코 있었다.

정필이 술을 많이 마시긴 했지만 은애가 인사불성이 될 정도는 아니다.

정필은 거짓말을 못 하는 성격이라서 은애에 대해서 적당한 선에서 얘기를 하는 것이 관건이다.

"저는 무산이 바라보이는 두만강에서 우연히 은애 씨를 만났습니다. 은애 씨는 오래 굶어서 몹시 말랐고 힘이 하나도 없는 상태로 강가에 앉아서 울고 있었습니다."

박종태에게 목이 조여서 죽은 은애의 혼령은 벌거벗은 채 두만강 가에 쪼그리고 앉아 하염없이 울고 있었다. 그 생각을 떠올리자 정필은 착잡해서 목이 잠겼고 은애는 소리 없이 눈물을 흘리기 시작했다.

"은애 씨는 무산 집에 아버지와 은철이가 누워 있다면서 저에게 구해 달라고 애원했습니다."

언니 은애에 대해서 지금에야 처음으로 듣게 되는 은주도, 두만강을 넘은 이후 근 다섯 달 동안 큰딸 은애를 보지 못한 김금화도 몹시 긴장하여 벌써부터 눈물을 흘리며 귀를 기울였다.

정필은 자신이 직접 두만강을 건너 무산 은애네 집에 가서 조석근과 은철을 한꺼번에 업고 안고 다시 두만강을 건너 연길에 왔었던 사실을 설명해 주었다.

정필이 얘기를 하는 내내 눈물만 펑펑 쏟던 모녀는 무사히 연길에 도착했다는 마지막 말에 기어코 울음을 터뜨리고 말왔다.

"으흑흑! 아바이한테 얘기는 들었지만 그 당시 아바이는 너무 굶어서리 정신이 하나도 없어서 제대로 기억을 하지 못한다고 했슴다⋯⋯."

"선생님이 우리 가족을 모두 구하다이⋯ 하늘 아래 이런 은인이 어디에 있갔슴까?"

흑하에서 치치하얼까지 오는 차 안에서 은주는 정필이 심양까지 와서 어떻게 자신을 구했으며 장춘 공장에 있는 진희마저 구했던 일을 자세히 설명했다.

은주는 목욕을 하겠다면서 욕실로 들어가고 소파에는 정필과 김금화가 마주 보고 앉아 있다.

"오라바이, 아매한테는 제 얘기를 해도 됨다."

은애가 차분하지만 떨리는 목소리로 말했다.

"누군가 한 사람은 저에 대해서 알고 있어야 함다. 아매가 바로 그 사람임다. 그 대신 다른 가족한테는 절대 비밀을 지켜달라고 하기요."

정필은 앞에 앉은 김금화가 큰딸이 죽었다는 사실을 알게 되면 얼마나 충격을 받을지 생각하니까 쉽게 입이 떨어지지 않았다.

"어머니."

하도 울어서 눈이 발갛고 축축해진 김금화는 오도카니 앉아서 정필을 바라보았다.

"말씀하기요."

정필은 욕실을 한번 보고 나서 진지한 얼굴로 입을 열었다.

"이제부터 제가 하게 되는 말은 모두 사실이니까 무조건 믿어야 합니다."

김금화는 적잖이 긴장했다.

"알갔슴다."

"아아……."

정필의 얘기를 다 듣고 난 김금화는 긴 한숨을 내쉬면서 그를 똑바로 바라보았다.

"그럼 선생님 말씀은 은애가 발써 죽었다는 거이지요. 그래서 혼령이 됐다는 거임까?"

"그렇슴다."

"그 혼령이 남조선에 계신 선생님을 불러서리 두만강으로 와서 은애 혼령을 만났고 그래서 우리 집 나그네랑 은철이를 구했다는 검까?"

"그렇슴다."

"은애는… 은애는 지금 어드메 있슴까?"

"제 몸속에 있습니다."

김금화는 정필이 거짓말을 하지 않았다는 것을 믿는다. 하지만 얘기한 내용이 너무 황당무계한데다 또 은애가 죽었다는 사실이 충격적이라서 믿어지지가 않았다.

"그러면 은애가 지금 저를 보고 있는 거임까?"

"그렇습니다. 제 눈을 통해서 어머니를 보고 있습니다."

김금화는 정필의 눈을 똑바로 주시했다. 그녀는 울지 않았지만 온몸을 와들와들 심하게 떨고 있었다.

자신의 큰딸은 그런 식으로 허무하게 죽을 리가 없다는 마지막 믿음이 그녀를 지탱하고 있었다.

"저는 그거이 절대로 믿지를 못하겠슴다. 은애가 죽다이… 앙이, 은애 혼령이 선생님 몸속에 들어 있다는 그거이 어케 믿슴까?"

그 사실을 믿게 하려는 정필의 마음은 또 얼마나 아픈가.

정필은 은애가 해주는 말을 김금화에게 해주었다.

"들어보십시오. 지금 은애 씨가 어머니 은가락지 얘길 하고 있습니다."

"은애가 그거를……."

김금화 두 눈에 눈물이 고이기 시작했다. 은가락지 얘기는 김금화가 은애한테만 얘기한 것이다.

"어머니 시집오실 때 어랑에 사시는 외할머니께서 어머니에게 은가락지 한 쌍을 주셨다는군요."

"으흥……."

김금화는 정필의 눈을 똑바로 바라보는데 눈물이 뺨을 타고 흘러내렸다.

"그 은가락지 한 쌍을 올해 여름에 무산 장마당에 내다 팔아서 4천 원을 받아 그날 저녁에 강냉이밥을 배부르게 먹었답니다."

"흐으응… 그 얘긴 은애 혼자만 알고 있습다……."

"어머니께서 은철이 낳고 산후 조리를 잘못해서 아파 누워 계실 때 은애 씨가 모아두었던 동전을 들고 장마당에 가서 국수 한 그릇을 사갖고 와서 어머니께 드린 일이 있었다고 합니다."

"어흐응… 그때 은애 겨우 여덟 살이었습다……. 그때 집에 아무도 없어서리 그건 나하고 은애만 알고 있습다……. 내래 세상에 태어나서 그때 먹은 국수가 제일 맛있었시오……. 우리 은애… 착한 우리 은애가… 어흐흑!"

김금화는 비로소 정필이 한 말을 믿기 시작했다. 정필이 그런 얘기들을 알고 있을 리가 없다. 정필의 몸속에 있다는 은애가 말해준 것이 틀림없다.

"어머니 두만강 넘어서 중국 가시기 전날에 은애 씨를 집근처 버들방천(시냇물)으로 불러내서 50원을 주면서 어머니 돌아올 때까지 아버지와 은철이 잘 부탁한다면서 은애 씨를 안고 많이 우셨다고 하는군요."

"으흐흑……! 그랬슴다… 아이고 우리 은애가 맞슴다… 은애야이… 은애야… 니가 어쩌다가……."

김금화는 일어나서 두 손을 뻗어 정필을 만지려고 하면서 정말 소나기처럼 눈물을 쏟으며 흐느껴 울었다.

"은애 씨가 어머니를 안고 싶답니다."

정필이 일어나자 김금화는 소파 옆으로 나와 그에게 바싹 다가섰다.

"어케 하면 됨까……? 내도 은애를 안고 싶슴다… 불쌍한 우리 은애… 으흐흑……!"

"은애 씨는 제가 느끼는 모든 것을 동시에 같이 느낍니다. 제가 어머니를 안으면 은애 씨가 어머니를 안는 것과 똑같습니다."

정필이 두 팔을 벌리자 김금화는 그의 품에 고즈넉이 안겨 들었다.

"어흐흑… 내래 가슴이 메에짐다(찢어집니다)… 흐으응……."

정필은 김금화를 소중하게 품에 안고 등을 쓰다듬었고 김금화는 정필의 허리를 두 팔로 꼭 끌어안고 그의 가슴에 얼굴을 비비며 흐느꼈다.

두 사람은 한동안 서로를 안고 있다가 정필이 두 손으로 김금화의 얼굴을 더듬었다.

"어머니 왼쪽 눈이 잘 안 보이셨다던데 지금은 어떠냐고 물어보는군요."

"흐으응… 은애야… 지금은 거의 안 보인다……. 왼쪽 눈은 장님이나 매한가지다이… 어이구… 내 딸 은애야……."

이제 김금화는 정필의 말을 완전히 믿게 되었기에 그가 아닌 은애에게 말하고 있다.

지독한 영양실조 때문에 김금화는 왼쪽 눈의 시력이 극도로 나빠졌었는데 그 사실 역시 은애만 알고 있었다. 원래 세상의 어머니는 식구 중에서 가장 의지하는 큰딸에게 깊은 속내를 털어놓곤 하는 법이다.

정필은 은애에게 몸을 온전히 내맡긴 상태다. 실제 지금 그는 희한한 체험을 하고 있는 중이다.

그는 아무것도 하지 않고 가만히 있는데 몸이 은애의 뜻에 따라 움직이고 있는 것이다.

이것은 정필과 은애조차도 지금까지 모르고 있던 전혀 새로운 경험이다.

정필이 심적으로 승낙하거나 가만히 있는 상태에서는 은애가 그의 몸을 마음대로 움직일 수 있다는, 즉 조종이 가능하다는 얘기다.

정필은, 아니, 은애는 김금화의 얼굴에 자신의 얼굴을 비비면서 정필의 눈을 통해 눈물을 쏟아냈다.

"아매… 아아… 불쌍한 우리 아매 오시러워서리(애처로워서) 어케 하면 좋은가이……."

정필의 입에서 그의 목소리로 은애의 함북 사투리가 줄줄 흘러나왔다.

김금화도 정필을 은애라 여기고 그의 얼굴을 쓰다듬고 몸을 만지면서 눈물을 그치지 못했다.

한바탕 울고 난 김금화를 아무것도 모르는 은주가 씻어준다고 욕실로 데리고 들어갔다.

정필은 혼자 소파에 앉아서 창밖의 치치하얼시 야경을 내려다보며 남은 맥주를 마셨다.

"오라바이, 고맙습다."

은애가 촉촉하게 젖은 목소리로 말하자 정필은 씁쓸하게 미소를 지었다.

"안타깝습니다. 어머니께서 살아 있는 은애 씨를 만났으면 좋았을 것을……."

"오라바이, 그런 말 하지 맙소. 저는 이렇게라도 아매를 만나고 오라바이를 통해서 아매를 만질 수도 있는 거이 고조 고마울 뿐임다. 그기 다 오라바이 덕분임다. 오라바이 앙이라면 저는 아무것도 아임다."

은애가 그렇게 말해도 정필은 마음이 편하지 않았다. 그는 여태껏 은애를 만지고 대화도 하면서 그녀가 죽었다는 사실을 별로 실감하지 못했었다.

그런데 오늘 은애와 엄마의 안타까운 상봉을 겪으면서 그녀의 죽음을 뼛속 깊이 느꼈고 그래서 마음이 더할 수 없이 착잡해졌다.

그런데 바로 그때 갑자기 욕실에서 은주의 찢어지는 비명 소리가 들렸다.

"아악! 아매! 갑자기 어째 이럼까? 정필 오라바이! 얼릉 이리 와보기요!"

크게 놀란 정필은 벌떡 일어나서 욕실로 달려가 문을 벌컥 열고 뛰어들었다.

거기 욕조 밖에 목욕을 하다가 만 듯한 벌거벗은 은주와 김금화가 마주 보고 서 있는데 놀랍게도 김금화의 하체가 온통 피투성이였다.

"오라바이! 아매가……."

은주는 사색이 돼서 어쩔 줄을 모르고 발을 동동 구르면서 정필을 쳐다보았다.

"아아……."

김금화는 엉거주춤 선 채 두 손으로 아랫배를 지그시 누르면서 고통스러운 표정을 지었으며, 그녀의 음부에서 검붉은 피가 꾸역꾸역 쏟아져서 허벅지와 다리를 타고 아래로 흘러내리고 있었다.

정필이 알기로 김금화는 지금 임신 초기의 몸인데 마치 생리를 하는 것처럼 피를 흘리는 원인을 알 수가 없다. 그는 여자에 대한 상식이 거의 없다.

"어머니……."

"아아… 선생님… 배가 너무 아프다… 창자가 끊어질 것 같아서리 내래 죽을 것 같습다……."

김금화가 쓰러질 것처럼 비틀거려서 정필이 얼른 부축하여 바닥에 앉히자 그녀는 아예 뒤로 길게 누워 버리고는 두 손으로 배를 주무르며 신음을 흘렸다.

그럴 리는 없겠지만 지금 그녀의 모습은 이대로 놔두면 죽을 것만 같았다.

"아매… 이거이 어쩌면 좋아… 으흑흑… 아매……."

"오라바이, 어케 좀 해보기요!"

이런 상황을 처음 겪어보는 은애와 은주는 놀라고 당황해서 울기만 할 뿐이다.

"은주야, 어머니 지키고 있어라."

뭔가 번뜩 생각이 난 정필은 급히 밖으로 뛰어나가 전화기를 붙잡고 연길 평화의원으로 전화를 했다. 지금 상황에 대해서 강명도에게 물어보려는 것이다.

"경미 씨! 선생님 좀 바꿔주십시오! 어서요! 급합니다!"

정필은 전화를 받은 경미에게 다짜고짜 소리쳤다. 잠시 후에 급히 달려온 강명도가 전화를 건네받자 정필은 현재 상황을 재빨리 설명했다.

강명도는 눈으로 본 것처럼 말했다.

─유산일 가능성이 크네.

정필은 정신이 번쩍 들었다.

"아… 유산입니까?"

─그래. 44살이면 많은 나이인데 그 나이에 유산을 해도 전혀 이상한 일이 아니야.

정필은 수화기를 붙잡고 고개를 끄떡였다.

"그렇군요."

강명도가 물었다.

─그 여자 누군가?

"조석근 씨 부인입니다."

강명도가 탄성을 터뜨렸다.

─오… 은철이 엄마를 찾았나?

"네. 흑하에서 찾아내서 모시고 가다가 여기 치치하얼에서 하룻밤 지내는데 갑자기……."

강명도는 이곳에서 정필이나 은주가 할 수 있는 일을 자세히 가르쳐 주었다.

─은철 엄마 공민증 없지?

"없습니다."

—그렇다면 그곳 병원에 가지 말고 연길에 도착하는 대로 나한테 꼭 모시고 오게. 아직 자궁에 남아 있는 것들이 있으니까 소파술을 해야만 하네. 그리고 몇 가지 조치를 취해야 하니까 반드시 나한테 와야 하네.

"알겠습니다. 고맙습니다, 선생님."

전화를 끊으면서 정필은 크게 한시름 놓았다. 유산이라니, 오히려 잘됐다는 생각이 들었다.

정필은 욕실로 달려 들어가자마자 은주에게 물었다.

"은주야, 생리대 있니?"

은주는 난감한 얼굴로 고개를 저었다.

"없슴다."

"내가 구해 오겠다."

정필은 그 길로 방을 뛰쳐나가 김길우 방문을 두드렸으나 두 사람은 이미 자고 있었다.

정필은 문을 부술 것처럼 두드려서 김길우를 깨워 호텔 밖으로 달려 나갔다.

정필이 생리대를 구해서 자신의 방 욕조로 돌아오는 데 걸린 시간은 15분 남짓이다.

그런데 그때까지도 김금화는 차가운 바닥에 누운 상태로 계속 하혈을 하고 있었다.

은주는 옆에 앉아서 초조한 얼굴로 엄마의 배를 쓰다듬고 있으며, 김금화는 얼굴을 잔뜩 찡그린 채 작은 신음 소리를 내고 있었다.

"은주야, 생리대 사 왔다."

"알았어요."

은주는 급히 밖으로 뛰어나가고 정필이 김금화 옆에 쪼그리고 앉아서 그녀의 배를 쓰다듬었다.

"으음… 선생님……."

"많이 아프십니까?"

"아아… 내래 염치가 없습다… 선생님한테 이런 흉한 꼴을 다 보이고……."

고통스러운 중에도 김금화는 부끄러워했다.

"그런 말씀 하지 마십시오."

"아아… 춥습다… 추워……."

김금화가 바들바들 떨자 은애가 외쳤다.

"오라바이! 아매 몸이 얼음장 같으니끼니 뜨거운 물을 뿌려주기요! 아까 강명도 선생님이 아매 몸을 따뜻하게 해주라고 말했시오!"

김금화는 목욕을 하느라 몸이 흠뻑 젖은 상태에서 차가운

타일 바닥에 장시간 누워 있었으니까 추운 게 당연하다. 더구나 유산으로 하혈을 하는 상황이니까 체온이 자꾸 떨어지고 있는 것이다.

정필은 그 즉시 옷을 활활 벗어서 욕실 밖에 내던지고 팬티만 입은 상태에서 샤워기를 집어 들고 물을 틀고 따뜻한 물이 나오기를 기다렸다.

그러고는 벽을 등지고 바닥에 다리를 넓게 벌리고 앉아 김금화의 상체를 일으켜서는 끌어당겨 다리 사이에 앉혀서 자신의 가슴에 편안히 등을 기대게 하고는 그녀의 몸 앞쪽에 따뜻한 물을 뿌려주었다.

"아아⋯⋯."

그제야 추위가 가시는 듯 김금화는 한숨을 내쉬면서 정필의 품에 길게 늘어졌다.

은애는 긴장한 목소리로 중얼거렸다.

"오라바이, 아매 유산한 거이 참말 다행이지 않습까?"

정필의 생각도 은애와 같다. 김금화가 앞으로 평생 만날 일도 없는 흑하의 구범식 애를 임신해서 어떻게 해야 할지 막막했었다.

사실 김금화에게 낙태를 권하는 방법까지도 생각했었던 정필인데 그녀가 이렇게 자연유산을 했으니까 죄짓지 않고 뜻을 이룬 셈이다.

정필은 한 손으로는 샤워기를 잡고 따뜻한 물을 김금화에게 뿌려주면서 다른 손으로는 그녀의 배를 부드럽게 쓰다듬어주었다.

다리를 활짝 벌리고 있는 그녀의 음부에서는 아직도 검붉은 피가 흘러나오고 있었다.

"선생님, 내래 유산한 거이지요?"

축 늘어진 김금화가 눈을 감은 채 힘없이 중얼거렸다. 그녀의 목소리만으로는 감정 상태를 알 수가 없다.

"연길에 계신 잘 아는 의사 선생님에게 문의했는데 유산이 맞는 것 같습니다."

"정말 다행임다. 잘 알지도 못하는 남정네의 아새끼를 배서리 어케 하나 걱정했었는데… 길티만 내래 유산을 했다고 해도 우리 나그네가 저를 받아주지는 않을 거임다. 이미 더럽혀진 몸이라서리……."

"그건 잘 모르겠습니다."

아직 새파랗게 젊은 정필은 이럴 때는 여자를 위로해 줘야 한다는 사실을 모르고 있었다.

그리고 그는 조석근이 김금화를 받아들이지 않겠다고 한 결정을 지금까지도 좋지 않게 생각하기 때문에 굳이 김금화와 조석근을 이어주고 싶은 마음이 들지 않았다. 그런 마음은 김금화를 직접 만나고 나서 더욱 견고해졌다.

김금화는 하늘처럼 믿고 있던 남편에게 헌신짝처럼 버림을 받았다.

그녀의 인생은 오로지 남편을 비롯한 가족에게 있기 때문에 어떤 상황에서도 가족에게 돌아가기 위해서 처절하게 몸부림쳤었다.

그런 그녀가 조석근에게 버림을 받아 만약 홀로서기를 한다면 정필은 최선을 다해서 돕고 싶었다.

하지만 정필은 19살에 한 남자에게 시집을 가서 25년을 살아오는 동안 아이 셋을 낳은 44살 먹은 여자의 마음을, 그것도 남자에게는 무조건 복종해야만 하는 북한이란 특수한 지역에서 살아온 여자에게 남편이라는 존재가 얼마나 절대적인지에 대해서 조금도 모르고 있었다.

"다 잘될 겁니다. 걱정하지 마세요, 어머니."

정필은 자신에게 말하듯이 의미 없는 위로를 중얼거리면서 부지런히 김금화의 배를 쓰다듬었다.

"아아……."

갑자기 김금화가 상체를 일으키려고 하면서 무릎을 세우고 다리를 더 넓게 벌리며 신음을 흘렸다.

"왜 그러십니까?"

"아아……."

김금화는 대답하지 않고 오만상을 쓰면서 아랫배에 잔뜩 힘을 주었다.

정필은 그녀의 자세를 보고 또 아랫배에 힘을 주고 있는 것을 손에 느끼고는 무슨 일인지 감을 잡았다. 음부에서 무언가를 쏟아내려는 것 같았다.

그는 재빨리 김금화를 편안하게 눕히고 나서 그녀의 다리 쪽으로 왔다.

그리고 활짝 벌어진 그녀의 다리 깊숙한 곳 음부 속에서 무언가 이물질 같은 것이 나오려다가 걸려 있는 모습을 발견했다.

강명도의 말로는 김금화의 자궁에 아직 찌꺼기가 남아 있어서 소파술로 그걸 제거해야 한다던데, 아마 지금 그것이 나오려고 하는 것 같았다.

"으응……."

김금화는 마치 아기를 낳을 때처럼 허리를 들어 올리면서 힘을 주며 끙끙거렸다.

그런데도 이물질은 크게 벌어진 음부 속에 웅크린 채 나올 기미를 보이지 않았다. 이물질이 큰 것인지 음부가 작은 것인지 모를 일이다.

그런데 그것은 마치 정필이 예전에 보았던 우주 괴물 영화 에일리언의 한 장면 같았다.

정필은 자신이 직접 이물질을 꺼내야겠다고 생각하고 그녀의 음부로 손을 뻗었다.

"아아… 으응… 선생님… 그거를……"

아무리 힘을 써도 이물질이 나오지 않자 김금화는 안타깝게 신음 소리를 냈다.

정필은 이물질을 잡기 위해서 음부의 가장자리 쪽으로 훑듯이 손가락을 밀어 넣었다.

"끄으응… 아아……"

그렇지만 손가락 하나로는 안 될 것 같아서 두 개를, 나중에는 엄지까지 세 개를 집어넣어서야 겨우 이물질을 잡을 수 있었다.

김금화는 두 다리를 활짝 벌리고 잔뜩 굽힌 무릎을 손으로 잡아 자신의 가슴에 붙이고 있다.

정필이 손가락에 힘을 주고 잡아당겨 음부 밖으로 빼내자 갑자기 좌악! 하고 생선 내장 같은 것이 검붉은 핏덩이가 되어 음부 밖으로 쏟아졌다.

"아아……"

이물질은 빨래처럼 길어서 정필은 그것을 잡아당기다가 마지막으로 손가락을 한 번 더 음부 안에 집어넣어 이리저리 훑으면서 더 남아 있는 게 없는지 확인했다.

이물질이 모두 나오자 음부에서는 더 이상 피가 흘러나오지 않고 주홍색의 맑은 핏물이 나왔다.

정필은 마지막으로 샤워기의 따뜻한 물을 뿌리면서 음부를 문질러서 깨끗하게 씻어주었다.

"아아… 이제 됐습다……."

김금화는 들어 올렸던 두 다리를 내리면서 길게 한숨을 내쉬었다.

정필은 다시 원래의 자리로 돌아가서 김금화를 가슴에 안고 따뜻한 물을 뿌려주면서 배를 쓰다듬었다.

김금화는 자신의 배를 쓰다듬고 있는 정필의 커다란 손에 자신의 조그만 손을 올리고는 힘없이 중얼거렸다.

"아아… 고맙습다… 염치없이 또 은혜를 입었습다……."

"그런 말씀 하지 마십시오."

정필은 자신이 큰일을 해낸 것 같아서 스스로 생각하기에도 대견했다.

그때 은주가 생리대를 붙인 팬티를 들고 욕실 안으로 들어왔다가 김금화의 다리 쪽에 핏덩이가 있는 것을 보고는 기겁을 했다.

"옴마야! 이거이 대체 뭡까?"

*   *   *

정필 일행은 연길에 들어서자마자 평화의원으로 달려가서 김금화가 치료부터 받도록 했다.

이어서 정필과 은주, 김금화가 영실네 아파트에 들어서자 한바탕 난리가 벌어졌다.

"금화야!"

"명순아!"

이름을 부를 정도로 막역한 친구 사이인 김금화와 선미 엄마 이명순은 서로 부둥켜안으면서 기쁨과 회한의 울음을 터뜨렸다.

갑자기 소란이 벌어지자 영실과 향숙 등은 질겁하여 서둘러 두 사람을 안방으로 데리고 들어갔다.

정필은 그녀들을 따라서 안방으로 들어갔다가 씁쓸한 표정을 지었다.

새로운 사람이 왔다고 다들 안방으로 몰려 들어온 바람에 제대로 앉지도 못하는 상황이 돼버린 것이다.

방금 온 김금화까지 이 집에 21명이 바글거리게 되었다.

배를 구하고 또 준비를 하려면 아무리 빨라도 3~4일은 걸릴 텐데, 이렇게 사람이 많다 보면 시끄러워지게 마련이고 그러다가 자칫 이웃에서 공안에 신고라도 하는 날엔 그야말로 끝장이다.

정필은 3~4일 동안 이들 중에 최소한 대여섯 명이라도 좀 솎아내야겠다고 생각했다.

　김금화의 합류로 시끌벅적했던 분위기가 가라앉기를 기다렸다가 혼자 일어선 정필이 모두에게 말했다.
　"공민증 갖고 있는 사람 중에서 나를 따라 갈 사람 손들어 보십시오."
　정필의 느닷없는 말에 실내가 찬물을 끼얹은 것처럼 조용해졌으며, 모두들 눈을 깜빡거리면서 긴장한 얼굴로 정필을 주시했다.
　"정필 씨, 어째 그럼매?"
　잠시 후에 영실이 의아한 얼굴로 물었다.
　"여기에 사람이 너무 많아서 위험합니다. 다섯 명쯤은 따로 지내야겠습니다."
　"베드로의 집도 꽉 찼다는데 어드메로 감둥?"
　"내 사무실 위층 김길우 씨네 집에 방이 있는데 거긴 사람들 왕래가 잦은 곳이니까 공민증을 갖고 있는 사람이 필요합니다."
　"그러면 제가 송화하고 가겠슴다."
　역시 이번에도 향숙이 제일 먼저 손을 들었다. 정필이 하는 일이라면 무조건적으로 믿고 따르는 향숙이라서 정필은 번번이 그녀가 고마웠다.

은주는 정필을 따라가고 싶은 마음이 간절했지만 엄마가 공민증이 없기 때문에 얘길 꺼내지도 못했다.

결국 향숙과 송화, 순임, 진희, 문지선, 선옥자 6명이 정필을 따라서 가기로 했다.

"저는 아매하고 여기에 있갔습다."

은애는 오랜만에 보는 엄마하고 함께 지내고 싶은 모양이다.

"나는 내일 아침에 배를 사러 산동반도의 위해시까지 다녀올 겁니다. 서두른다고 해도 빠르면 이틀, 늦으면 사흘쯤 걸릴 것 같습니다."

"오라바이, 배 사러 갈 때 내일 아침에 저를 데리러 여기로 오갔습까?"

"알겠습니다."

정필은 김금화를 골방으로 데리고 들어가서 방문을 잠그고 방바닥에 마주 앉았다.

"어머니, 오늘 은애 씨는 여기에 두고 가겠습니다."

김금화는 깜짝 놀랐다.

"우야… 은애가 선생님 몸속에서 나왔습까?"

"네. 여기 제 옆에 앉아 있습니다."

정필은 왼쪽에 앉은 은애의 어깨에 손을 얹었다.

김금화가 손을 뻗어서 정필이 손을 얹은 은애 어깨를 만져보지만 허공에 손을 휘젓고 있을 뿐이다.

김금화는 동그랗고 예쁜 눈을 깜빡거리면서 정필과 그의 옆을 번갈아 바라보았다.

"참말 은애가 여기에 있습까?"

은애가 정필의 몸속에 있는 것은 믿었던 김금화지만 몸 밖에 나온 은애가 보이지도 만져지지도 않으니까 안타까워서 그렇게 말했다.

정필이 은애의 어깨를 가볍게 두드려서 찰싹! 하는 소리가 나자 김금화는 깜짝 놀라서 눈물을 흘리며 두 손을 가슴에 모았다.

"아아… 참말 은애가 여기에 있구만요……."

지금까지 정필은 이런 식으로 은애의 몸을 때려본 적이 없었지만 방금 해본 결과를 보고 문득 한 가지 시험을 더 해보고 싶어졌다.

"어머니, 손 좀 주십시오."

정필은 김금화 옆에 나란히 붙어 앉아서 그녀의 조그만 오른손을 활짝 펴게 해서 그 위에 자신의 커다란 손바닥을 덮었다.

그러고는 그녀의 손가락을 끼고 같이 손을 뻗어 은애의 어깨를 만져보았다.

김금화는 은애를 직접 만지지 못하지만 그녀를 만질 수 있는 정필의 손이 위에 포개져 있고 또 손가락을 끼고 있으니까 어쩌면 만질 수 있을지도 모른다고 생각했다.

　　이윽고 김금화의 손가락에 낀 정필의 손가락에 은애의 어깨가 만져졌다.

　　그러면서 그는 자신의 손바닥과 김금화의 손바닥이 수평이 되게 했다.

　　"아……."

　　김금화가 나직한 탄성을 터뜨렸다.

　　"마… 만져짐다… 매끄러운 살결… 이거이… 은애임까?"

　　"그렇습니다."

　　"아아… 은애야이……."

　　김금화는 벅차오르는 감동으로 부르르 몸을 떨었다.

　　정필과 김금화의 포개진 두 개의 손은 하나가 되어 은애의 어깨에서 목, 얼굴을 천천히 쓰다듬었다.

　　"으흐흑……! 은애야… 흐으응……."

　　김금화는 큰딸의 혼령을 만지면서 작게 몸부림을 치며 울음을 그치지 못했다. 그러다가 손이 은애의 풍만한 유방에 닿았다.

　　"은애가 벗고 있슴까……?"

　　"그때… 두만강에서 브로커에게 벌거벗은 상태에서 목 졸려 죽었기 때문에……."

"으흐흐흑! 허으응… 불쌍한 우리 은애… 옷도 입지 못하고
서리 이를 어쩌면 좋음까……."

김금화도 울고 은애도 울었다. 두 사람은 서로 울면서 만지
고 만져지는 신비한 체험을 이어갔다.

"선생님… 우리 은애를 안아보고 싶슴다……."

큰딸을 손가락으로 만져보기만 하는 김금화는 안타까운
눈물을 흘리며 부탁했다.

그래서 정필은 새로운 시도를 해보기로 했다. 치치하얼의
호텔에서, 그리고 방금 전까지 행하는 것들은 다 처음 해보는
것이었지만 성공했다.

지금 생각해 보니까 그는 혼령인 은애하고 얼마나, 그리고
어디까지 교감하고 육체적인 접촉 같은 것들이 가능한지 시험
해 본 적이 없었다.

"이렇게 해보십시오."

정필은 김금화를 일으켜 세우고 자신은 그 뒤에 바짝 밀착
해 서서 그녀를 뒤에서 안는 것 같은 자세를 취하고 앞을 보
았다.

"은애 씨, 어머니에게 안겨보세요."

정필은 아까처럼 김금화의 두 손을 깍지를 껴서 앞으로 나

란히 뻗었다.

그리고 긴장한 표정이 역력한 은애가 조심스럽게 김금화에게 안겨들었다.

그렇지만 은애는 김금화를 그대로 통과하여 정필에게 안기고 말았다.

"오라바이, 방금 아매를 통과할 때 뭐인가 걸리는 느낌 같은 거이 있었슴다. 한 번 더 해보갔슴다."

은애가 뒤로 물러나면서 눈을 반짝거리는 것을 보고 정필이 김금화에게 주문했다.

"눈을 감으세요."

김금화는 정필이 시키는 대로 눈을 감았다.

"마음을 비우고 우리 딸 은애를 안아야겠다고 간절하게 빌어보십시오."

정필은 그렇게 말하면서 김금화에게 조금 더 바싹 다가들어 한 몸처럼 완전히 밀착하고 손가락을 더 깊숙이 끼웠다.

극도로 긴장한 은애가 천천히 김금화에게 다가들었고 정필과 김금화의 두 팔이 부드럽게 그녀를 안았다.

은애는 김금화의 몸을 절반쯤 통과하는 듯하다가 불룩! 하고 뒤로 밀려났다.

그리고 김금화는 큰딸 은애의 몸을 안을 수 있게 되었다. 몸의 어느 한 부분을 만지는 것이 아니라 몸 전체를 힘주어

안은 것이다.

"아아… 은애야……."

김금화는 정필과 함께 은애의 몸을 온몸 가득하게 꼭 안고 등을 쓰다듬으면서 기쁨의 눈물을 흘렸다.

그런데 그때 은애의 몸에서 은은한 광채가 뿜어지는 것 같더니 그녀의 모습이 서서히 드러났다.

그러나 정필이 늘 보던 완전한 은애가 아니라 마치 유리가 스스로 빛을 뿜어내듯이 은은한 광채를 뿜고 있는 투명한 모습이었다.

"아매……."

"으… 은애야이… 너 은애니?"

"아매……."

김금화는 투명하지만 그래도 얼굴 윤곽과 눈, 코, 입매가 어느 정도 흐릿하게 드러난 은애를 보면서 기절할 것처럼 흐느껴 울었다.

"어흐흑……! 은애야… 내 딸 은애야… 으흑흑……!"

김금화는 은애를 끌어안고, 정필은 두 여자를 힘껏 안은 채 억겁 같은 시간이 흘렀다.

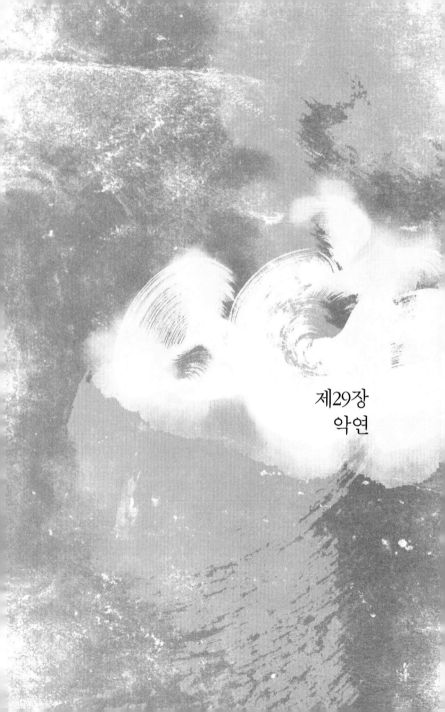

제29장
악연

12월 15일.

연길을 출발한 정필과 김길우는 레인지로버로 꼬박 하루 반나절을 쉬지 않고 달려서 김낙현이 말해준 배가 있는 산동반도의 웨이하이, 즉 위해(威海)시에 도착했다.

장장 2,400㎞라는 엄청난 거리를 달려오는 동안 검문 같은 건 한 번도 받지 않았으며, 둘이 번갈아가면서 운전과 휴식을 취하면서 무사히 도착했다.

정필이 위해시까지 비행기를 이용하지 않고 직접 차로 달려온 것은 답사를 하려는 목적도 있다.

며칠 후에는 탈북자들을 이끌고 이 길을 다시 와야 하기 때문에 위험 요소가 있는지 이것저것 봐두려는 의도다.

위해에 도착한 이후 부두에 정박해 있는 선박을 살펴보고 또 매입하는 과정은 말 그대로 일사천리였다. 김낙현이 미리 다 손을 써두었기 때문이다.

선령 13년 된 어선이라서 조금 걱정했으나 막상 보니까 얼마 전에 새로 수리를 하고 도색을 해서 겉보기에는 며칠 전에 진수한 새 배처럼 말짱했다.

돌다리도 두드려 보고 건넌다는 심정으로 정필과 김길우는 선주와 동승하여 배에 직접 올라 위해 앞바다를 20㎞ 이상 달려보았는데 자동차로 치면 시속 50㎞의 속도로 파도를 가르면서 씽씽 잘 달렸다.

정필은 선주에게 에누리 없는 60만 위안 미화 12만 달러를 주고 배를 인수했다.

위해시 부두의 어느 식당에 정필과 김길우, 그리고 한 명의 중국인이 마주 앉았다.

중국인은 꽁타첸(公大臣)이라는 이름의 47세 산전수전 다 겪은 뱃사람이었다.

꽁타첸은 과거 김낙현을 비롯하여 대한민국 안기부의 요원들과 여러 차례 은밀한 일을 해봐서 신용할 수 있는 사람이라고 했다.

덥수룩한 머리에 부리부리한 눈과 주먹코, 두툼한 입술에 고슴도치 같은 수염을 기른 꽁타첸은 자신을 비롯한 3명의 일당, 혹은 수고비에 대해서 대화를 하기 위해서 대표로 이 자리에 나왔다.

"어느 정도의 대우를 원합니까?"

김길우가 정필의 말을 통역했다.

테이블에는 뱃사람들이 즐겨 먹는 탕 요리와 볶음 요리, 그리고 독한 화주(火酒)가 먹음직스럽게 놓여 있지만 아무도 손을 대지 않았다.

예로부터 뱃사람들은 거래가 성사되기 전에는 아무것도 먹지 않는 습성이 있다고 했다.

"3명 모두 평등하게 일당으로 1,000위안씩 주시오."

"그건 너무 지나치오."

김길우가 발끈해서 반박하자 정필이 말했다.

"뭐랍니까?"

"3명 각자에게 일당 1,000위안을 원하고 있습니다."

연길에서는 보통 사람 한 달 월급이 800~1,000위안인데 그걸 일당으로 달라는 것이다.

"길우 씨, 그대로 전해요."

"알갔슴다."

꽁타첸은 자신의 뜻이 관철되지 않으면 일을 하지 않겠다는 듯 고집스러운 표정을 지으면서 팔짱을 끼고 턱을 치켜든 자세다.

"평소에는 무슨 일을 합니까?"

"고기잡이를 하고 있소."

"배를 갖고 있습니까?"

"그렇소."

"어느 정도 크기의 배입니까?"

"3톤짜리 소형 어선이오."

"새로 산 배를 당신에게 맡기겠습니다. 당신이 그 배의 선장이 돼주십시오."

김낙현이 믿을 수 있는 사람이라고 말했으니 정필도 꽁타첸을 믿을 생각이다.

"터터우……."

난데없는 제안에 김길우가 놀란 얼굴로 정필을 쳐다보았다.

"그대로 전하세요."

"새로 산 배를 당신에게 맡기겠다고 하십니다. 즉 선장이 돼달라는 말입니다."

꽁타첸이 어리둥절한 표정을 지었다.

"무슨 뜻이오?"

"새로 산 배를 당신이 관리하라는 겁니다. 평소에는 마음대로 사용해도 좋고, 우리가 필요할 때 불편함 없이 모든 걸 제공하면 됩니다."

꽁타첸이 혼비백산 놀란 얼굴로 팔짱을 풀었다. 그 얼굴에는 고집스러운 표정이나 흥정을 해보려는 배짱 같은 기색은 이미 사라지고 없다.

"그 배로 고기잡이를 해도 된다는 말이오?"

"물론입니다."

"그럼 잡은 어획량은 어떻게 나누면 되오?"

"당신이 다 가지십시오."

"……"

"거래하겠습니까?"

꽁타첸이 더듬거렸다.

"배… 배는 얼마나 자주 사용할 거요?"

"평균 한 달에 한 번입니다."

"……"

꽁타첸에게 공짜로 30톤짜리 어마어마하게 큰 배가 하늘에서 뚝 떨어졌다.

이곳 위해시에서 그 정도 큰 어선을 갖고 있는 선주를 따천후(大船夫)라고 부르는데, 따천후가 되는 것은 모든 뱃사람들의 평생 꿈이다.

"거래하겠습니까?"

정필이 두 손을 테이블에 올려놓은 채 담담한 표정으로 꽁타첸을 바라보며 물었다.

꽁타첸은 부리부리한 눈을 껌뻑거리면서 정필을 쳐다보며 더듬거렸다.

"여태까지 한 말 정… 말이오?"

"정말입니다."

정필이 고개를 끄떡이자 꽁타첸은 갑자기 벌떡 일어나더니 두 손을 모아 쥐고 앞으로 내밀며 정필에게 깊숙이 허리를 굽히고 큰 소리로 말했다.

"따거(大哥)!"

김길우가 놀라서 정필에게 속삭였다.

"터터우를 대형이라고 한다. 중국에서는 최고의 존칭이 따거임다."

"이럴 땐 뭐라고 합니까?"

"치터우(起頭)라고 하십시오."

정필은 김길우가 시키는 대로 했다.

"치터우."

사실 '따거'라고 고개를 숙인 사람에게 '치터우'라고 말하는 것은 '너를 받아들이겠다'라는 뜻이다. 하지만 정필이 그걸 알리가 없다.

꽁타첸은 고개를 들고 모아 쥔 두 손을 흔들면서 진심 어린 표정으로 말했다.

"따거진쭝(大哥盡忠)!"

김길우가 벙긋 웃으며 통역해 주었다.

"터터우께 충성을 다하겠답다."

꽁타첸은 단지 30톤 어선을 자신에게 맡긴다는 것 때문에 정필을 따거로 모시려는 게 아니다.

그는 이 짧은 대화에서 정필의 큰 배포와 도량을 발견한 것이고, 이런 대인(大人)이라면 윗사람으로 모셔도 될 거라고 판단한 것이다.

결국 정필과 김길우는 식당에서 밥을 먹지 못했다.

꽁타첸이 평생 처음으로 '따거'를 모시게 되었으니 자기 집에서 식사와 술을 대접해야 한다면서 막무가내로 잡아끌었기 때문이다.

정필과 김길우는 레인지로버에 꽁타첸을 태우고 위해시 변두리의 바닷가에 있는 그의 집으로 갔다.

그는 부인에게 서둘러 저녁 식사를 준비하라고 호령을 하고는, 근처에서 어부를 하고 있다는 아들과 사위, 딸과 며느리까지 다 불러들였다.

수백 년은 된 듯한 낡았지만 제법 큰 그의 집에 저녁상이 차려졌으며, 꽁타첸은 극구 사양하는 정필을 억지로 상석에 앉혔다.

여하튼 그날 꽁타첸의 집에서 많은 일이 벌어졌고, 정필은 식사를 하고 난 후 자리에서 일어나기 전에 한 가지를 분명히 했다.

"내가 필요한 날 필요한 시간에 출항 준비를 해놓지 않았다면 이 거래는 그날로 끝나는 것입니다."

꽁타첸은 일어나서 정중하게 대답했다.

"최소한 이틀 전에 미리 연락을 주시면 목숨 걸고 출항 준비를 해놓겠습니다."

그는 말투마저도 공손하게 변해 있었다.

탁!

정필은 테이블에 두툼한 봉투 하나를 내려놓고 성큼성큼 걸어서 꽁타첸의 집을 나섰다.

봉투에는 꽁타첸이 일당으로 요구했던 1,000위안의 100배인 10만 위안이 들어 있었다.

*   *   *

12월 17일, 모든 준비가 끝났다.

청강호가 갖다 준 회령 강옥화 할머니와 작은아버지 가족

5명의 증명사진이 박힌 중국 공민증도 찾아놓았으며, 김금화와 선미 모녀, 명옥 엄마와 명호, 명옥의 고향 친구 연순의 중국 공민증까지 완벽하게 갖추었다.

강옥화 할머니와 작은아버지 가족은 내일 12월 18일 밤 10시에 무산 두만강을 넘기로 되어 있다.

정필은 할머니 가족이 연길에 도착하면 김길우네 집에서 하룻밤 쉬게 하고는 다음 날 다른 탈북자들과 함께 대한민국행을 강행할 계획이다.

모레 12월 19일 목요일 오전에 연길을 출발하여 다음 날 12월 20일에 오후 산동반도 위해시에 도착, 두어 시간 휴식을 취한 후에 어두워지면 꽁타첸이 준비해 놓은 어선 흑천호(黑天號)에 탑승, 밤이 이슥하기를 기다렸다가 자정 즈음에 출발한다.

첫 번째로 흑천호를 타고 대한민국에 입국할 탈북자는 영실네 아파트에 21명 전원, 김길우네 집에서 혜주 모녀 2명, 김길우의 처 이연화와 아들 준태 2명, 베드로의 집에 조석근과 은철이를 비롯한 7명, 그리고 할머니 가족 5명까지 합하면 모두 37명이다.

거기에 정필과 김길우까지 포함하면 총 39명이 된다.

정필과 김길우는 공해상에서 대한민국 배에 탈북자들을 인계하고 다시 위해시로 돌아와야 한다.

정필은 중국에서 출국 심사를, 한국에서 입국 심사를 받지 않은 상태에서 탈북자들과 함께 배를 타고 대한민국 영토에 들어가면 밀입국자 신세가 된다. 그러면 법적으로 조금 골치 아파질 것이다.

은애는 지금 영실네 아파트에 있다. 엄마 김금화가 은주와 함께 그곳에 있기 때문이다.

모두 잠든 어두운 밤에 예전 정필이 사용하던 골방에서 김금화와 은주가 깊은 잠에 빠져 있다.

김금화는 정필이 없을 때는 은애를 전혀 느끼지 못하는데도 은애가 자신의 주위에 있다고 믿으면서 눈에 보이는 것처럼 행동을 했다.

주위에 아무도 없으면 은애하고 대화를 하듯 혼잣말을 중얼거렸으며, 지금처럼 잘 때에도 자기가 가운데 눕고 양쪽에 은애와 은주 자리를 마련했다.

그래서 은애는 지금 엄마가 마련해 준 오른쪽 자리에 가만히 누워 있다.

은애가 사람처럼 추위나 더위, 피곤함, 허기, 취기 같은 것을 느끼는 것은 정필하고 합체가 되었을 때에만 가능하다.

지금처럼 정필과 떨어져 있을 때에는 그녀는 온전한 혼령, 즉 귀신의 상태에서 아무것도 느끼지 못한다.

은애는 정필과 함께 산동반도 위해시에 배를 구하러 같이 다녀왔었다.

왕복 3일 동안 엄마하고 떨어져 있기도 했고, 또 이틀 후에 엄마와 은주가 대한민국으로 가버리면 언제 다시 만나게 될지 알 수가 없다.

그래서 한 시간이라도 엄마와 은주 옆에 붙어 있으려고 정필과 떨어져 있는 것이다.

은애는 엄마하고 같이 있는 동안에 지난번 정필과 함께 경험했던 놀라운 일들을 그의 도움 없이 다시 재현해 보려고 무던히 시도해 봤지만 안타깝게도 번번이 실패하여 실의에 빠져 있다.

그래서 그녀는 아주 중요한 한 가지 사실 한 가지를 새삼스럽게 실감했다.

정필이 없는 은애라는 존재는 아무것도 할 수 없는 한낱 혼령에 불과하다는 사실이다.

"아아악!"

은애는 찢어지는 비명을 지르면서 정신이 번쩍 들었다.

"하아아… 하아아……."

은애는 엄마 오른쪽에 누워서 가쁜 숨을 몰아쉬면서 헐떡거렸으며 눈에서는 눈물이 철철 흘러나왔다.

"으흐흑……! 정필 오라바이……!"

혼령인 은애는 잠을 자지 않는데도 그녀는 조금 전에 꿈을, 그것도 몸서리쳐지도록 소름 끼치는 악몽을 꾸었다.

그녀가 오늘밤에 꾼 악몽은 예전에 바로 이 방에서 정필 옆에 나란히 누워 있다가 정신을 잃은 것처럼 꾸었던 악몽과 똑같은 장면이고 내용이었다.

황량하고 을씨년스러운 북조선의 어느 마을 공터에 기둥이 세워져 있고, 그 기둥에 한 사람이 묶인 채 눈을 가린 모습으로 서 있었다.

기둥 20m 앞에는 5명의 인민군 병사가 소총을 메고 나란히 서 있으며, 그들 뒤로는 수백, 수천 명의 마을 사람이 앉거나 서서 기둥 쪽을 지켜보고 있다.

마을에서 가끔 벌어지는 총살 집행이다.

총살을 당하는 직계가족을 맨 앞줄에 앉히는 것이 규칙이다.

이런 끔찍한 광경을 눈으로 봐야지만 다시는 조국과 당을 배신하지 않을 거라는 게 로동당의 방침이다.

그런데 은애는 맨 앞줄에 앉아 있었다. 그리고 오늘 총살당하는 사람의 가족석에는 단 한 사람, 옷을 입은 은애가 오롯이 앉아 있다.

그런데 은애는 기둥에 묶인 사람을 바라보면서 하염없이 눈물을 흘리고 있다.

그 사람이 누군지는 보이지 않는데 은애가 지독하게 슬프고 안타까워서 큰 소리로 울부짖지만 누구의 귀에도 그 소리가 들리지 않는다.

그때 인민군 병사들이 기둥에 묶인 사람을 향해 총을 일제히 겨누었다.

은애는 흐느껴 울면서 그 사람을 향해 달려가려고 하는데 어찌 된 일인지 한 발자국도 움직여지지 않는다.

너무 안타깝고 무서워서 가슴이 조각조각 갈가리 찢어지는 것만 같고 숨을 쉴 수가 없다.

타타타타탕!

천둥 치는 굉음이 울리고 기둥에 묶인 사람의 온몸에서 새빨간 꽃잎이 흩날리듯이 피가 튀었다.

처음에 이 악몽을 꾸었을 때는 깨어나서 총살당한 사람이 누군지 아무리 생각해 봐도 끝내 기억해 내지 못했었다.

그런데 조금 전 악몽에서 깨어나기 직전에 은애는 기둥에 묶인 사람이 누군지 똑똑하게 봤다.

눈을 가렸던 헝겊이 풀어지고, 수십 발의 총알을 맞아 온몸에서 철철 피를 흘리는 그 사람은 바로 정필이었다.

그는 비명을 지르는 대신 한 사람의 이름을 절규하듯이 처절하게 외쳐 불렀었다.

"은애 씨!"

연길 시외버스 터미널 맞은편에 위치한 외제 중고차 매매 회사인 흑천상사는 새로운 기록을 세우고 있다. 한국에서 첫 번째로 들여왔던 벤츠, BMW, 재규어 승용차 3대를 전시한 지 5일 만에 모두 팔아치운 것이다.

연길을 비롯한 길림성 전체에는 경제 개방 덕분에 신흥부자들이 우후죽순처럼 생기고 있다더니, 3대의 외제 중고 승용차는 매입 가격의 2배~2.5배의 높은 가격으로 팔려 나가 흑천상사에 35만 위안, 한화로 4,200만 원의 최초 수익을 벌어들이게 해주었다.

현재 길림성을 비롯한 중국의 동북삼성 외제 중고차 시장은 북한에서 100% 장악하고 있는 상황이고, 북한의 매우 중요한 수입원이었다.

북한에서 취급하는 외제 중고 자동차는 전량 일본제이며 일본 조총련을 통해서 들어온다.

중국은 오랜 세월 동안 경제 개방을 하지 않았기 때문에 북한이 들여오는 일제 중고 자동차가 유일한 수입 자동차라고 할 수 있었으며, 북한으로서는 그야말로 땅 짚고 헤엄치기식의 알토란 같은 무역업이었다.

물론 흑천상사가 3대의 외제 중고 자동차를 판 것은 한 해

수만 대의 일제 중고차를 팔아치우는 북한 전체 매출의 0.1%에
도 미치지 못하는 수준이다.

그렇지만 흑천상사가 북한이 취급하지 않는 유럽 승용차를
판매하고 있다는 점이 각광을 받고 있다.

흑천상사는 외제 중고 자동차 3대를 팔기만 한 것이 아니
라 아직 들여오지도 않은, 그러니까 다음에 들여오는 차를 무
조건 자기한테 팔라는, 말하자면 선주문을 한 사람이 20여 명
에 달했다.

뿐만 아니라 어느 나라 어떤 브랜드의 몇 년식 어떤 외제
중고차를 수입해 달라는 조금은 까다로운 예약 주문도 10여
명에 이르렀다.

연길시에서 몇몇 사람의 입에만 오르내릴 정도로 조용히
영업을 개시한 흑천상사는 바야흐로 매우 신선한 바람을 일
으키기 시작했다.

＊   ＊   ＊

정필이 팬티 바람에 혜주 모녀에게 약을 발라주고 있을 때
향숙이 방으로 들어왔다.

"옴마야!"

그러자 한유선과 혜주는 똑같이 화들짝 놀라면서 급히 이

불로 벗은 몸을 가렸다.

그 모습을 보고 향숙은 어이없는 표정을 지었다.

"도대체 이기 뭘까? 남자인 정필 씨 앞에서 벌거벗은 채 누워 있는 거이 하나도 앙이 부끄럽고 같은 여자인 내가 보면 부끄럽다는 말임까?"

혜주 모녀는 오늘로써 이틀째 향숙과 한 집에서 함께 지내면서 많이 친해진 상태지만 정필과의 친분하고는 비교조차도 할 수가 없다.

"향숙 이모, 무슨 일임까?"

북한에 있을 때 청진 집에만 갇히다시피 살았던 혜주 모녀는 사람의 정에 굶주려 있었기 때문에 싹싹하고 정이 많은 향숙하고는 금세 친해질 수 있었다.

34세이면서도 철없는 소녀처럼 아무것도 모르는 한유선은 자기보다 두 살 많으며 생각이 깊고 침착한 향숙하고 꽤 친해져서 언니라고 부르며 잘 따랐다.

"향숙 누님, 무슨 일입니까?"

정필의 물음에 향숙은 왠지 곱지 않은 시선으로 정필을 바라보았다.

"아침 식사 언제 하실 거임까?"

"치료 거의 끝났으니까 두 사람 볼일 보게 해주고 나서 먹읍시다."

향숙의 눈이 새초롬해졌다.

"정필 씨가 이 에미나이들 볼일까지 보여줌까?"

"향숙 언니야, 우린 상기 못 움직인다이."

"향숙 이모, 우리끼리 볼일 보러 가면 하루 종일 걸린다."

한유선과 혜주가 죽는 시늉을 하며 엄살을 부렸다.

"하여튼 에미나이들이……."

정필은 향숙의 표정이 좋아 보이지 않아서 그녀가 방을 나가자 따라 나갔다.

"향숙 누님."

향숙은 거실 쪽으로 복도를 걸어가면서 정필을 살짝 흘겼다.

"쟤들 정필 씨 없을 때는 얼마나 뽈뽈거리면서리 잘 돌아댕기는지 아심까?"

"그래요?"

"그러면서리 정필 씨만 보면 죽는다고 엄살을 부리고……."

향숙은 정필과 혜주 모녀와의 특수한 관계에 대해서 모르고 있는 것 같았다.

아니, 어쩌면 그런 사실을 알아차렸으면서도 받아들이지 않고 있는 것인지도 모른다.

정필이 향숙하고 각별한 인연으로 이어져 있는 것처럼, 혜주 모녀하고도 또 다른 형태의 각별한 인연을 맺었다는 사실을 인정하고 싶지 않은 것이다.

정필은 혜주 모녀가 자신에게 어리광 같기도 하고 아양 같기도 한 행동을 하는 것 때문에 향숙이 화가 났을 것이라고 생각했다.

그가 알고 있는 향숙은 질투 같은 것은 하지 않는다. 지금껏 그런 모습을 보여준 적이 없었다. 영실네 아파트에서 은주가 정필의 애인인 것처럼 행동했어도 그러려니 하고 지낸 것만 봐도 알 수가 있다.

그렇지만 향숙이 혜주 모녀가 충분히 움직일 수 있으면서도 꾀병을 부리면서 정필을 귀찮게 하는 것 때문에 화가 났을 수도 있다고 정필은 생각했다.

좀처럼 화 같은 걸 내지 않는 향숙이 화를 내는 경우에는 향숙 자신이나 혜주 모녀에게 두루 좋을 게 없다는 게 정필의 생각이다.

그녀들이 그런 것 때문에 얼굴을 붉히지 않을 정도로 친해졌다는 사실을 모르는 정필은 향숙의 화를 풀어주는 것 또한 자신의 일이라고 생각했다.

정필은 바닥에 끌리는 긴 치마를 입고 궁둥이를 살랑거리면서 걸어가는 향숙의 가느다란 허리에 슬쩍 팔을 두르고 걸음을 멈춰 세웠다.

"그래서 향숙 누님이 화가 난 겁니까?"

향숙은 정필을 향해 돌아서서 마주 보며 말도 안 된다는 듯이 눈을 동그랗게 떴다.

"제가 언제 화를 냈다고 그러십까?"

정필은 화가 난 여자를 어떻게 풀어줘야 하는지는 모르지만 향숙에 대해서는 아주 잘 알고 있기 때문에 별로 걱정을 하지 않았다. 그는 빙그레 미소를 지었다.

"누님도 약 발라 드릴까요?"

향숙은 정필을 곱게 흘겼다.

"제가 어딜 다쳤다고 약을 바름까?"

정필은 마주 보고 선 향숙의 허리에 두 손을 얹고 슬쩍 앞으로 당겨서 몸을 바싹 밀착시키고는 그녀의 얼굴을 빤히 굽어보았다.

"흠… 어디에 바를까요?"

정필은 아무 뜻 없이 한 행동이지만, 향숙은 정필하고 몸의 앞면이 밀착되고, 또 그가 뚫어지게 얼굴을 주시하니까 심장이 미친 듯이 쿵쾅거리고 온몸의 피가 얼굴로 다 몰려서 숨을 쉴 수가 없다.

"저… 정필 씨……."

정신이 하나도 없는 향숙은 말을 더듬거리지만 정필은 태연하게 미소 지었다.

"말씀하십시오, 향숙 누님."

"저… 저는… 아아……."

그렇지만 향숙은 끝내 말을 잇지 못하고 정필의 가슴에 얼굴을 묻고 말았다.

"모… 모릅다… 아아……."

정필은 부드럽게 향숙의 등을 쓰다듬었다.

"한유선 씨와 혜주는 향숙 누님처럼 아픔이 많은 사람이에요. 너그럽게 봐주세요. 알겠죠?"

"알겠습다……."

향숙은 더 이상 버틸 재간이 없다.

혜주 모녀고 뭐고 간에 이렇게 정필 품에 안겨서 죽어도 여한이 없을 것 같았다.

"참, 아침밥 먹고 나서 시간 있습니까?"

정필은 향숙의 화가 풀어졌다고 생각했다. 자신을 좋아하고 있는 향숙에게 이런 방법을 쓰는 게 조금 미안하지만 언제든지 제대로 먹힌다.

향숙은 빨개진 얼굴을 들고 정필을 바라보았다.

"왜 그럽까? 무슨 일 있습까?"

"할머니하고 작은아버지 가족에게 드릴 옷을 좀 살까 하는데, 누님이 같이 쇼핑 좀 해주십시오."

정필이 같이 쇼핑을 하자는 말에 향숙은 날개를 달고 훨훨 날아갈 것만 같았다.

"알… 갔슴다."

"화 풀렸습니까?"

"옴마야… 제가 언제 화를 냈다고……."

정필은 하얗게 눈을 흘기는 향숙이 지금 이 순간만큼은 혜주나 명옥이처럼 너무 귀여웠다.

쪽!

"고맙슴다."

"……."

정필이 고개를 들고 자신을 올려다보는 향숙의 도톰하고 빨간 입술에 가볍게 뽀뽀를 하고 나서 함북 사투리 흉내를 내고는 그녀를 떼어내 손바닥으로 궁둥이를 툭툭 쳐서 거실 쪽으로 밀었다.

향숙은 가슴이 터질 것처럼 심장이 쿵쾅거려서 금방이라도 죽을 것 같았다.

'옴마야… 나 이상해…….'

그녀는 자신이 걷는 것인지 물속에 빠져서 허우적거리는 건지 모르는 상태로 몇 걸음 걸어가다가 다리에 힘이 풀려서 그 자리에 풀썩 주저앉았다.

'아아… 정필 씨는 정말로…….'

아침 식사 후에 정필과 향숙은 연길 제1 백화점에 갔다.

청강호가 두만강을 도강할 때 입으라고 강옥화 할머니와 작은아버지 가족에게 두툼한 기모 바지와 파카를 한 벌씩 갖다 주었다고 했었다.

그렇지만 정필은 손자이며 조카, 사촌으로서 그들에게 직접 좋은 옷을 사주고, 또 그들이 그 옷을 입고 대한민국에 입국하기를 원했다.

주차장에 볼보를 대놓고 정필과 향숙은 나란히 백화점 안으로 들어갔다.

레인지로버는 눈에 잘 띄기 때문에 멀리 갈 때나 이용하고 연길 시내에서는 볼보가 편했다.

개점 시간이 불과 한 시간 지났을 뿐인데도 백화점 안에는 사람이 많아서 정필과 향숙은 사람들과 부딪치지 않으려고 이리저리 피해 다녀야 했다.

그러는 와중에 정필은 자연스럽게 향숙의 손을 잡았고, 향숙은 어린아이처럼 기쁜 얼굴로 정필을 따라다녔다.

쇼핑백이 산더미처럼 많아졌다. 할머니와 작은아버지 가족에게 줄 옷을 사면서 향숙 것도 아주 세련되고 예쁜 정장과 코트를 사서 입혔으며, 그러다 보니까 은주와 김금화, 혜주 모녀와 이연화, 준태 등 김길우네 집에 있는 탈북녀들 옷도 한 벌씩 사버렸기 때문이다.

얼마나 짐이 많으면 정필과 향숙이 양손으로 몇 개씩 드는 것으로도 모자라서 백화점 직원 두 명이 쇼핑한 물건들을 주차장까지 들어다 주고 돌아갔다.

볼보 뒷자리와 트렁크까지 쇼핑한 물건들을 가득 실은 다음에 향숙을 조수석에 태우고 문을 닫아준 후에 트렁크 쪽을 돌아서 운전석으로 걸어가던 정필은 갑자기 걸음을 뚝 멈추었다.

"……."

짧은 파카를 입고 선글라스를 머리에 얹었으며 다림질을 잘한 모직 정장 바지를 입은 긴 하체와 늘씬한 체구의 여자가 파카 주머니에 두 손을 찌른 채 정필 앞에 우뚝 서서 그를 바라보고 있었다.

'권보영…….'

그렇다. 얄팍하면서도 붉고 매혹적인 입술에 비릿한 미소를 머금고, 차가운 눈빛으로 정필을 바라보고 있는 여자는 분명히 북한 보위부 상위 권보영이었다.

정필은 자신의 앞을 가로막고 서 있는 사람이 권보영이라는 사실을 확인하는 순간, 급습을 가하려고 몸이 움찔했으며 실제 오른발이 20cm쯤 뻗어 나가다가 뚝 멈추었다.

전혀 피할 생각을 하지 않고 있는 권보영의 파카 오른쪽 주머니가 정필 자신을 향해 불룩 튀어나와 있는 것을 발견했기 때문이다.

눈으로 확인하지 않아도 그건 권총이 분명하다. 북한 보위부 상위쯤 되는 여자가 손가락 같은 것으로 장난질을 치지는 않을 것이다.

정필이 그 자리에 굳은 듯이 서 있자 권보영이 조금 더 싸늘하게 조소하듯이 웃으며 중얼거렸다.

"덤벼봐라, 종간나새끼야. 나는 너 새끼를 죽이고 싶어서 환장하겠으니까 말이다."

정필은 권보영이 사람 왕래가 제법 많고 백화점 주차 요원도 여기저기에서 보이는 이런 장소에서 허튼짓을 하지 않을 것이라고 생각했다. 거기까지 생각하니까 정필 입가에 엷은 미소가 떠올랐다.

"맞은 곳은 괜찮으냐?"

이죽거리는 듯한 정필의 말에 권보영의 눈이 쭉 찢어지면서 새파란 눈빛이 번뜩였다.

"너 이 새끼야, 언제까지 웃는지 내래 보갔서."

이어서 권보영은 정필을 향해 가볍게 고개를 끄떡였다.

"······!"

아니, 그것은 정필이 아닌 정필 뒤에 서 있는 권보영의 부하에게 보낸 신호였다.

움찔 놀란 정필이 재빨리 뒤돌아보려고 했을 때는 이미 늦어버렸다.

빽!

"흑!"

정필은 뒤통수에 포탄을 맞은 것 같은 엄청난 충격을 느끼는 것과 동시에 그대로 정신을 잃고 말았다.

정필이 풀썩 쓰러지는 것을 지켜본 권보영이 어딘가를 향해 가볍게 손을 들어 보이자 20여m 떨어진 곳에 있던 일제 승용차 한 대가 갑자기 라이트를 켜더니 이쪽으로 달려와서 멈추었다.

방금 전에 굵은 쇠파이프로 정필의 뒷머리를 때려서 기절시킨 파카 차림의 덩치와 차에서 내린 사내가 정필을 양쪽에서 들어 승용차 트렁크에 내던졌다.

지나던 사람들과 저만치의 주차 요원이 보고 있지만 이들은 평소에 이런 일을 많이 해본 것처럼 눈 하나 까딱하지 않고 일을 해치웠다.

그리고 사람들은 놀란 얼굴로 쳐다보기만 할 뿐이지 어느 누구도 나서지 않았다.

슥―

권보영은 정필의 볼보 조수석 쪽을 쳐다보았다.

거기 열려 있는 조수석 문 밖에는 향숙이 경악하는 표정으로 서서 권보영을 바라보고 있었다.

향숙은 잠시 기다려도 정필이 운전석에 타지 않자 뒤쪽을 돌아보다가 그가 권보영과 얘기하는 걸 보고, 또 두 사람의 대화를 듣고는 차에서 내린 것이다.

권보영이 누군지 짐작한 향숙은 몸과 입이 얼어붙어서 겁에 질린 표정을 하고 서 있다.

"아아……."

권보영은 오늘 백화점에서 새로 산 세련된 정장에 겉에는 고급 코트를 입은 아름다운 용모의 향숙이 탈북녀일 거라는 생각은 조금도 하지 않았다.

"넌 뭐 하는 에미나이야?"

향숙을 쏘아보는 권보영의 입에서 싸늘한 목소리가 비수처럼 흘러나갔다.

어차하면 너도 같이 때려눕혀서 차 트렁크에 쑤셔 넣겠다는 위협이 권보영의 표정에서 뿜어졌다.

향숙은 자신을 쏘아보는 권보영과 두 사내를 재빨리 둘러보고는 겁먹은 표정으로 말했다.

"니먼쉐이야(당신들 누구예요)?"

권보영은 향숙을 중국인이라고 생각했는지 그대로 승용차에 타고 그곳을 떠났다.

영실에게 틈틈이 배운 중국어가 향숙을 살렸다.

"으으……."

정필은 뒤통수가 깨지는 듯한 극심한 통증을 느끼면서 비로소 정신을 차렸다.

눈을 뜨기도 전에 그는 자신이 연길 제1 백화점 주차장에서 권보영에게 당했다는 사실을 기억해 냈다.

"빌어먹을……."

방심하고 있다가 전혀 예상하지 못했던 권보영에게 당했다는 사실 때문에 기분이 아주 엿 같았다.

평소에는 거리에서나 어떤 상황에서도 권보영하고 마주치지 않으려고 조심했었지만 백화점 주차장에서는 그런 생각을 전혀 하지 않았었다.

뒤통수를 무엇으로 얼마나 호되게 맞았는지 머리 전체가 깨질 것 같고 눈알이 튀어나올 것처럼 극심한 고통 때문에 그는 구토가 나오려고 했다.

그렇지만 그런 고통보다 더 앞서는 것은 같이 있던 향숙이 어떻게 됐는지에 대한 걱정이다. 만약 향숙이 권보영에게 잡혔다면 큰일이다.

정필은 향숙에 대한 걱정을 하고 나서야 자신이 지금 어떤 상황에 처했는지 걱정과 함께 궁금해졌다.

"으음……."

웬만한 고통쯤은 타고난 맷집으로 웃어넘기는 정필이지만 이번 건 너무 지독해서 신음 소리가 저절로 나왔다. 뒷머리가 깨졌는지 마치 마취를 하지 않고 두개골을 갈라놓은 것 같은 고통이다.

그런데 정필이 눈을 떴는데도 아무것도 보이지 않았다. 온통 캄캄한 암흑뿐이라서 자신이 아직 눈을 뜨지 않았을지도 모른다는 생각이 들어서 이번에는 더 힘줘서 눈을 떴고 깜빡거리기까지 했다.

그런데도 여전히 먹물처럼 캄캄했다. 눈을 뜬 게 분명한데도 아무것도 보이지 않는다는 것은 이곳이 밀폐된 공간이라는 사실을 말해준다.

이래서는 여기가 어딘지, 자신이 어떤 상황에 처했는지 전혀 짐작조차도 할 수가 없다.

이번에는 몸을 조금 움직여 보았다. 움직여졌다. 그래서 조금 더 많이 움직였다.

그런 다음에야 비로소 정필은 현재 자신이 처한 상황을 조금쯤 깨닫게 되었다.

현재 그는 서 있으며, 팔다리, 즉 사지가 활짝 벌려진 상태에서 무언가에 묶여 있다.

그리고 또 하나 무지하게 추운 것으로 미루어서 벌거벗겨진 상태인 게 분명했다.

최악 중에서도 최악의 상황이다. 정필의 두 눈이 캄캄한 어둠 속에서 이글거렸다.

'으드득! 권보영, 이년……!'

암흑 속이라서 정확한 시간은 알 수 없지만 정필의 짐작으로 대략 한 시간쯤 지났을 때 그가 있는 곳 맞은편의 문이 벌컥 열렸다.

철컹!

철문이 열리자 부연 빛이 새어 들어왔다.

그리고 그 빛을 등지고 한 명씩 차례로 두 명이 안으로 들어왔으며 정필은 그들 중에 권보영이 있을 거라고 짐작했다.

확!

누군가 스위치를 켜자 천장의 형광등이 켜지면서 실내가 갑자기 환하게 밝아져서 정필은 순간적으로 눈을 감으면서 고개를 돌렸다.

"저 종간나새끼 정신 차렸구만."

양철 판을 두드리는 듯한 귀에 익은 권보영의 목소리가 들려서 정필은 눈부심 때문에 눈살을 잔뜩 찌푸리며 목소리가 들려온 곳을 쳐다보았다.

권보영이 체구가 산처럼 거대한 사내 한 명과 함께 정필을 향해 걸어오고 있는 모습이 보였다.

정필은 이를 악물고 권보영을 노려보았다. 눈빛만으로 사람을 죽일 수 있다면 그는 권보영을 이미 여러 번 죽였을 것이다.

권보영은 손에 새카만 가죽 장갑을 끼면서 두 걸음 앞에 멈추고 정필을 똑바로 쳐다보며 물었다.

"야! 이 새끼야! 너 뭐 하는 새끼야?"

정필은 속에서 불끈 치밀어 오르는 게 있어서 자신도 모르게 히죽 웃었다.

"권보영 너 죽이러 온 저승사자다."

"어?"

권보영은 정필이 거침없이 자신의 이름을 부르는 걸 보고는 움찔 놀랐다.

그러나 그녀는 곧 고개를 끄떡이면서 잔인한 미소를 지었다.

"길티, 너 새끼가 나를 안기부에 넘겨서리 이진철이하고 교환하게 만들었으니끼니 안기부 놈들한테 내가 누군지 들어서 알갔구만."

정필은 이런 최악의 상황에서 권보영의 화를 돋우어 좋을 게 없다고 생각했다.

하지만 눈앞에서 기고만장하는 그녀를 보고 있자니 배알이 뒤틀려서 참을 수가 없어서 다시 이죽거렸다.

"나한테 그렇게 혼이 났으면 북한에 그냥 남아서 얌전하게 시집이나 갈 것이지 여긴 또 뭐하러 왔니? 설마 내가 그리웠냐?"

그렇지만 권보영은 정필의 입담에 휘둘리지 않았다. 지금은 자신이 정필의 목줄을 쥐고 있다는 사실을 정확하게 인지하고 있기 때문이다.

그녀는 검은 가죽 장갑을 낀 오른손 주먹을 쥐고 왼손으로 손가락 마디를 눌러서 뚝뚝! 소리가 나게 하며 차가운 미소를 지었다.

"그렇다, 이 종간나새끼야. 너래 그리워서 밤에 잠이 앙이 오더라. 기리니끼니 내래 너 새끼를 우리 공화국으로 데리고 가서리 내 노리개로 삼아야갔어."

연길의 북한 보위부 요원들이 안기부 이진철을 북한으로 납치했었으니까 정필이라고 하지 못할 것도 없다. 아마 기적이 일어나지 않는 한 정필의 운명은 권보영이 말한 그대로 될 것이다.

정필은 칼자루를 권보영이 잡고 있는 지금 이 시점에서 쓸데없는 말장난이나 하고 있을 마음이 사라졌다.

"너 내가 대한민국 국민이고 연길에 관광하러 왔다는 것 알고 있니? 나를 납치하면 시끄러워질 거다."

"너 이 새끼 나불거리는 아가리부터 지져놔야갔어. 이보라우, 그거 준비하라우."

권보영이 듣기 싫다는 듯 옆에 있는 거구의 부하에게 턱을 치켜들며 명령했다.

척!

부하는 들고 온 것을 바닥에 내려놓았다.

정필은 눈을 아래로 내리깔고 굽어보다가 그것이 무엇인지 발견하고는 움찔 표정이 변했다.

부하가 바닥에 내려놓은 물건은 두 가지다. 하나는 숯이 발갛게 타오르고 있는 화덕에 기다란 쇠꼬챙이가 꽂혀 있는 것이고, 또 하나는 망치와 펜치(뻰찌), 송곳, 집게 따위 고문 도구가 담겨 있는 공구함이다.

스윽—

정필은 부하가 기세 좋게 타오르고 있는 화덕에서 쇠꼬챙이를 뽑는 것을 보고 눈을 크게 떴다.

그것은 그냥 쇠꼬챙이가 아니라 끝이 넓적한 인두였으며 시뻘겋게 달구어져 있었다.

권보영은 정필에게 바싹 다가들어 자신의 뺨을 그의 뺨에 붙이면서 입술을 귀에 대고 속삭였다.

"이 종간나새끼야, 저걸로 너 새끼 여길 지져서 고자로 만들어 버리갔어. 그러면 기분 좋을 거이다. 어쩌면 너 같은 독

종 반동분자 새끼는 흥분할지도 모르지."

그러면서 권보영은 손으로 벌거벗은 정필의 성기를 움켜잡고 주물럭거렸다.

그 순간 정필은 머리로 권보영의 이마를 있는 힘껏 들이받았다.

빡!

"으악!"

권보영은 비명을 지르며 뒤로 비틀거리면서 물러나다가 풀썩 주저앉았다.

그녀의 키는 170㎝로 큰 편이지만 정필에 비해서는 다소 작은 편이라서 그나마 다행스럽게 얼굴이 아닌 이마를 받힌 것이다.

"중대장 동지!"

부하가 깜짝 놀라서 부축하려고 손을 뻗자 권보영은 세차게 뿌리치면서 힘겹게 일어섰다.

"쌍! 저 새끼래 내가 직접 죽이가서."

권보영은 부하에게서 시뻘건 인두를 낚아채서는 일그러진 얼굴로 정필에게 다가섰다.

정필은 자신으로서는 이제 어떻게 더 해볼 방법이 없다는 것을 깨달았다.

팔다리가 다 묶이고 벌거벗은 상태로는 무슨 짓을 당하든

속수무책일 뿐이다.

권보영은 시뻘건 인두를 얼굴 높이로 들어 올리고는 정필에게 다가서면서 잔인하게 웃었다.

"이 쌍놈의 종간나새끼야! 어디 또 한 번 지랄해 봐라이! 눈깔을 확 쑤셔 버리갔어!"

정필이 무슨 순국열사도 아니고 이런 절박한 상황에서 권보영을 갈굴 배짱이 생기지 않았다.

슥—

권보영이 시뻘건 인두를 정필의 얼굴로 가져갔다.

"이 새끼래 우리 공화국 인민배우 리영호보다 잘생긴 얼굴부터 지져야갔어!"

정필은 20㎝까지 가깝게 다가온 인두에서 뜨거운 열기가 훅훅! 뿜어지는 것을 느끼면서 얼굴을 일그러뜨리고 고함을 질렀다.

"이런 지저분한 쌍년아! 이런 개지랄하지 말고 죽이려면 깨끗하게 죽여라!"

"흐흐흐… 내래 그렇게는 못 하갔어. 너 새끼가 살려 달라고 버둥거리는 꼴을 보고 싶다는 말이야."

권보영은 고양이가 쥐를 갖고 놀듯이 정필의 얼굴 어디부터 지질까 인두를 이리저리 그의 얼굴에 겨냥을 했다.

정필의 얼굴이 보기 싫게 구겨졌다.

"이 개 같은 년……."

바로 그때 누군가 벌컥 문을 열면서 다급하게 외쳤다.

"중대장 동지!"

"이 새끼야! 뭬이야?"

부하로 보이는 정장 사내는 문 밖에서 부동자세를 취하고 는 바싹 긴장한 얼굴로 말했다.

"여… 연길 공안국장이 왔습네다!"

"……."

권보영의 안색이 홱 변했다.

"무슨 개소리야? 너 그 말이 정말이니? 참말로 공안국장이 온 거이니?"

"우리가 남조선의 최정필을 납치해 온 거이 알고 있다면서 리, 만약 최정필 몸에 털끝이라도 건드리면 여기 우리 사무실 을 폭파시켜 버리갔담다……!"

권보영은 너무 놀라서 그 자리에 얼어붙어 부하를 쳐다보 다가 인두가 얼굴에 닿을 듯이 가까워지자 정필이 버럭 소리 를 질렀다.

"야! 이 쌍년아! 이거 저리 치워라!"

권보영은 싸늘한 얼굴로 정필을 쏘아보았다. 인두는 정필의 얼굴과 한 뼘까지 가까워진 상태인데 권보영의 두 눈이 살기 로 번들거렸다.

그 눈빛에는 확 지져 버리고 끝장을 봐? 하는 갈등의 기색이 역력했다.

슥─

이윽고 권보영은 인두를 내리고 덩치 부하에게 건네주면서 방금 보고한 부하에게 턱짓을 했다.

"이 새끼 풀어주라우."

부하가 재빨리 달려와서 정필의 한쪽 손목에 묶인 밧줄을 풀고 있는데 바깥이 어수선하더니 갑자기 문 밖에 우르르 몇 명이 모습을 나타냈다.

"터터우!"

문 밖에 나타난 사람은 연길 공안국장 장취방과 김길우였다.

그리고 그 주위에는 소총과 권총을 쥐고 있는 공안 여러 명이 호위하고 있었다.

"부야오똥(움직이지 마라)!"

장취방은 사지가 묶여 있는 정필을 발견하고 놀라서 버럭 소리 질렀다.

정필을 풀어주려던 부하와 화덕과 고문 도구를 치우려던 부하가 놀라서 뚝 멈추었다.

김길우와 공안 두 명이 재빨리 달려와서 정필의 묶인 밧줄을 풀어주었다.

"터터우, 다치셨습까?"

잔뜩 걱정하는 표정의 김길우가 물었다.

"괜찮습니다."

정필은 뒷머리를 쓰다듬으면서 권보영을 쳐다보았다.

뒷머리를 쓰다듬은 손을 보니까 피가 묻어나지 않았다. 다행히 깨지거나 찢어지지는 않은 모양이다.

권보영은 일그러진 표정을 하고서 정필을 노려보고 있었다.

여전히 벌거벗은 모습의 정필은 권보영에게 걸어가서 손으로 그녀의 어깨를 세게 툭 밀쳤다.

"내 얼굴을 지진다고 그랬냐?"

"이 종간나새끼가……."

권보영이 와락 인상을 쓰면서 발작할 것처럼 움찔거렸으나 이런 상황에서 허튼짓은 하지 못했다.

정필은 그녀의 어깨를 한 번 더 밀쳐서 실내의 한쪽 구석으로 몰았다.

"날 고자로 만들겠다고 그랬냐?"

그러면서 손으로 권보영의 은밀한 곳을 덥석 움켜잡았다.

콱!

"으윽! 너 쌍간나새끼……."

정필이 권보영을 구석으로 몰고 뒷모습을 보이고 있기 때문에 그가 그녀의 사타구니를 움켜잡은 것이 다른 사람에게는 보이지 않았다.

"너 여기 괜찮냐? 여자 구실은 하는 거냐?"

지난번에 권보영은 한식집 화장실에 숨어 있다가 정필을 급습하는 과정에 사타구니를 두 번이나 걸어차여서 피가 철철 흘렀었다.

"이… 이… 새끼가……."

"아예 병신으로 만들어주마."

정필은 뒤로 물러서면서 권보영의 사타구니를 있는 힘껏 내질렀다.

퍽!

"악!"

권보영은 두 손으로 사타구니를 감싸 쥐고 그 자리에 고꾸라져서 숨도 쉬지 못하고 얼굴이 하얘졌다.

"으윽… 이 쌍… 너 새끼래 어케 찬 데를 또 차는 거이니? 끄으으……."

정필은 연길 제1 백화점에 갈 때 입었던 청바지와 검은 가죽점퍼를 찾아 입고 또 뺏겼던 척사검까지 찾아서 북한 보위부 연길 파견대 건물을 나섰다.

아침 11시쯤 연길 제1 백화점에서 권보영에게 당했었는데 지금 시간은 오후 2시다. 3시간 정도 붙잡혀 있었던 것이다.

정필이 뒷머리를 쓰다듬으면서 자기가 방금 나온 3층 건물을 쳐다보자 김길우가 설명했다.

"여기가 북한 보위부 연길 파견대라고 한다."

"어떻게 날 찾았습니까?"

정필은 그게 궁금했다.

"향숙 씨가 새파랗게 질려서리 집에 오지 않았겠습까? 그래서는 터터우가 어떤 여자 패거리에게 습격을 당해서 끌려갔다고 하면서리 그 여자 모습을 자세히 설명하는데 제가 딱 보이 권보영이더라 이말임다."

"네."

"그래서리 그 길로 연길 공안국으로 달려가서 공안국장을 만나 사정 얘기를 한 거임다. 그랬더니 공안국장이 불같이 화를 내고는 직접 공안 병력을 인솔해서 여기로 온 거이 아니겠습까?"

김길우는 감탄하는 표정을 지었다.

"저는 공안국장이 직접, 그것도 이렇게 빨리 출동할 줄은 몰랐슴다. 약발이 제대로 먹힌 모양임다."

김길우는 도로변에 주차해 놓은 레인지로버 뒤에 서 있는 디스커버리를 보면서 미소 지었다.

그때 연길 공안국장 장취방이 공안들을 이끌고 건물에서 나오는 모습을 발견한 정필과 김길우가 그에게 인사를 하기 위해서 다가갔다.

『검은 천사』 5권에 계속…

초대형 24시 만화방

신간 100%, 샤워실, 흡연실, 수면실(침대석), 커플석, 세탁기 완비

▪ 강북 노원역점 ▪

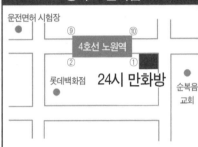

서울 노원구 상계동 340-6 노원역 1번 출구 앞 3층
02) 951-8324 (화용빌딩 3층)

▪ 일산 정발산역점 ▪

라페스타 E동 건너편 먹자골목 내 객잔건물 5층
031) 914-1957

▪ 일산 화정역점 ▪

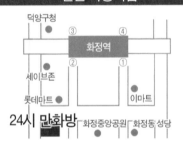

경기도 고양시 덕양구 화정동 984번지 서일빌딩 7층
031) 979-4874 (서일사우나 건물 7층)

▪ 부천 역곡역점 ▪

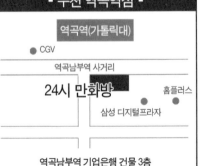

역곡남부역 기업은행 건물 3층
032) 665-5525

▪ 부평역점 ▪

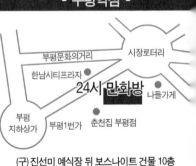

(구) 진선미 예식장 뒤 보스나이트 건물 10층
032) 522-2871

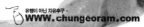

내일을 향해 쏴라

김형석 장편 소설

FUSION FANTASTIC STORY

1만 시간의 법칙!
'성공은 1만 시간의 노력이 만든다' 는 뜻이다.

그러나…
사회복지학과 복학생 수.
전공 실습으로 나간 호스피스 병동에서
미지와 조우하다.

1만 시간의 법칙?
아니, 1분의 법칙!

전무후무한 능력이 수에게 강림하다!
맨주먹 하나로 시작한 수의
인생역전이 시작된다!

Book Publishing CHUNGEORAM

WWW.chungeoram.com